推し飯研究会

秋杜フユ

本書は書き下ろしです。

menu

イラスト／コナリミサト

第一話

愛ゆえにたまごトースト

推し飯——自らが全力で愛し、応援する人物・キャラクターの好物といった、その人を想起させる食べ物のことである。

「自らの推しへの愛を語ったうえで推し飯を食し、味わい、推しがいかに尊いのかを実感する……それが、あたしたち『推し飯研究会』の活動です！」

ぐっと拳を握りしめ、鼻息荒く語られた活動内容を聞いた佳奈子は、研究会の先輩たちと同じように目を輝かせてうなずく友人を横目に見ながら、思う。

どうしてこんなことになったんだ、と。

咲ききった桜たちが風を桃色に染める春。

暗く長い受験戦争をくぐり抜けて、私立御幸原女子大学の学生となった佳奈子は、高校の同級生であり、同じ志望大を目指した戦友でもある岡崎麻友に相談を持ちかけられていた。

議題はずばり、どこのサークルに所属するのか。

「いや、私、サークルに所属する気ないし」

開口一番、否定する佳奈子に、麻友は「なんだってぇー！」と、芝居がかった仕草で頭を抱えた。

「楽しい大学生活を送るうえで、サークル活動は欠かせないものだよ？　サークルに所属せずに、いったいなにをするっていうのさ⁉」

小さい顔にぴったり沿うショートボブの髪を振り乱し、熱弁する麻友の気持ちはわかる。実際、入学して数週間だが、すでに所属先を決めてサークル活動にいそしむ学生も少なくない。

しかし、大学生活を充実させるうえでそれなりの比重を占めるであろうサークル活動を、あえてやらないと決断するだけの理由が、佳奈子にはあった。

「食費を節約するために、まかないのあるバイトがしたいんだよね」

御幸原女子大学は佳奈子たちの地元から遠く、ふたりとも実家を出てひとり暮らしを始めていた。

「外食ばかりしていたら、すぐに仕送りが底をついちゃうから。まかないつきのバイトなら、お金も稼げて食事も食べられる、まさに一石二鳥でしょ」

「だったら自炊すればいいじゃん」

「無理。母さんが作ってくれたものならまだしも、自分の手料理なんて食べたくない」

「即答かよ⁉　お母さんの手料理しか食べたくないって、マザコンか！」

「母さんの手料理が食べたいわけじゃないよ。他人様に作ってもらった手料理は、ありがたくいただくもの」

「つまりは料理したくないってことね。女子力ぅ‼」

両手を握りしめた麻友が、目をつむって地面に吠えた。相変わらず、彼女の言動は騒がしい。だが、佳奈子はその騒がしさが好きだった。一緒にいて楽しいし、元気を分けてもらえる気がするから。

「まぁ、そういうわけだからさ、どこのサークルに所属するのか、麻友の好きなようにすればいいと思うよ。見学くらいなら付き合うし、気軽に声をかけてね」

バッグを肩にかけた佳奈子は、ひらひらと手を振りながら講義室を出ようと――

「待ったぁ！」

その手首を、麻友が制止の声とともに握りこんだ。

すでに講義室の外へと意識を向けつつあった佳奈子が振り向けば、麻友はにやりと含みのある笑みを浮かべていた。

「実はね、料理嫌いな佳奈子にぴったりなサークルがあるんだ。その名も、『推し飯研究会』‼」

「おし、めし……？」

　押し寿司の仲間かなにかだろうか。と頭にはてなマークが浮かんだが、目の前の麻友は
「そう！　推し飯！」と力強くうなずいた。

「飯という言葉からわかるように、料理をするサークルらしいんだ。みんなで作ったおいしい料理を食べられて、かつ、料理スキルも身についちゃう。まさに佳奈子のためにあるようなサークルでしょ！」

　ぐっと拳を握って食い気味に語ってくれたというのに、残念ながら、佳奈子には『推し飯研究会』の活動内容がてんで理解できなかった。

　料理をするだけなら、料理研究会でいいではないか。なぜ『推し飯』なのだろう。押し寿司の仲間ではないことは間違いなさそうだ。

「……よし、善は急げってことで、さっそく見学に行こう！」

　うんともすんとも答えない佳奈子の様子から、困惑は伝わっていただろうに、麻友はまるっと無視して動き出した。

「えぇえっ、いまから⁉」

「当たり前じゃん。見学なら付き合うって言ったのは、佳奈子でしょ。バイトが決まれば

きっとそんな暇もなくなるだろうからさ、もう今日行っちゃおうって」

確かに、バイトが始まってしまえば、いつでも見学に付き合える、とはいかなくなるだろう。こんなにサークル活動を楽しみにしている麻友を、自分の都合で待たせるのもかわいそうだし、だからといって、やっぱりひとりで見学に行ってこいというのも違う気がする。

納得した佳奈子が抵抗をやめると、麻友は「よし、行こう！」と意気揚々と声を弾ませたのだった。


御幸原女子大学は、都心から電車で一時間ほどでたどり着ける地方都市に立地する大学だ。

都心のベッドタウンらしく駅周辺は高層ビルが建ち並び、商業施設も充実している。それでいて、駅から少し距離を置けば山や林、畑といった昔ながらの風景が残っていて、御幸原女子大学も、敷地の裏側に林が広がる、緑豊かな場所に建っていた。

学舎の赤煉瓦と青空のコントラストを楽しみながら、佳奈子と麻友は屋外を歩いていた。少し白みがかった朱色の煉瓦でできた学舎は佳奈子のお気に入りで、オープンキャンパスで目にした瞬間、ここを受験しようと決めたほどだった。

赤煉瓦の学舎と青空の競演に、ときおり街路樹の緑が加わるのもいい。御幸原女子大学は敷地の裏に林を背負っているだけでなく、敷地内の至る所に木々や芝生といった緑が存在していた。

大学の歴史が長いためか、木々一本一本の存在感がすさまじい。どれも学舎の三階に届いており、もはや街路樹の規模ではなかった。

佳奈子たちの目的地は、大学敷地内の一番奥、その背に林を受け止める木造の建築物――萬寿館だ。

炭を塗り込んだような黒い壁は、戦時中、空襲を免れるために黒く塗りつぶしたから、とささやかれているが、雨風にさらされてところどころ色がはがれた、まだら黒い壁を見るに、案外本当かもしれない。少なくとも、御幸原女子大学で最も深い歴史をもつ学舎なのは間違いないだろう。

近代的な学舎がならぶ御幸原女子大のなかで、瓦屋根の三階建ての木造建築というい でたちが異彩を放つ萬寿館は、研究室や実験実習室があるらしい。新入生勧誘のために大学中が姦しいこの時期であっても、萬寿館は不気味な静けさに包まれていた。

「これが萬寿館……」

「うわぁ。暗いなぁ」

中央の出入り口から入ると、目の前に階段が現れた。階段の手前左右に廊下が延び、研究室の扉が廊下を挟んでいくつも並んでいる。向かい合う研究室の間を廊下が走っているため窓がなく、灯りも必要最低限しか灯していないせいで薄暗い。少し距離を置くと人の顔が霞んで見えなくなるくらいだ。

人の気配はするのに、人影は見えない。きっと研究室にいるのだろうとわかっていても、気味が悪くて仕方がなかった。

「なんだか息苦しくなってきた。早く行こう。なんとか飯研究会ってどこ?」

「推し飯研究会!　ほら、こっちだって」

麻友が指さしたのは、薄暗い廊下の先。足を踏み出せば床板がみしみしと音を立てた。ずんずん進んでいく背中を追いかけて行き着いたのは、突き当たりの扉だった。

廊下の左右それぞれに部屋がある中で、突き当たりの部屋ということは、単純に考えて他の部屋の倍の広さがあるということだ。サークルの部室を集めた部室棟ではなく、研究室ばかりで実質研究棟といっても過言ではない萬寿館に部室があると聞いたときは、はたしてまっとうなサークルなのかと不安に思ったものだが、意外と所属部員が多いのかもしれない。

年季が入りすぎて渋みすら感じる黒ずんだ木の扉には、『推し飯研究会』と書かれたプレートが貼ってあった。ここで間違いないと確信したふたりは目を合わせてうなずき、麻友がノックをする。

「はいはぁい」

のんびりした声が聞こえた少しあと、内開きの扉が勢いよく開いた。扉の奥から強い光が飛び込んできて、薄暗い廊下になれていた佳奈子たちは目がくらむ。

扉を開けてくれた人物の顔が逆光で見えないくらいだ。佳奈子は何度も瞬きをして、光に目を慣れさせた。

やがて光に慣れた目が映し出したのは、緩く巻いた髪をハーフアップにした女性。つぶらな瞳を縁取る長いまつげや、艶やかに色づくふっくらとした唇など、しっかりメイクをしているのにけばく見えないのは、元々の顔立ちが整っているからか。

「あれ？　もしかして、新入生？」

甘く、それでいて軽い耳心地の声で彼女は微笑み、首を傾げた。ただそれだけの何気ない仕草がとてもよく似合っていて、きっとこの女性は、自分の見せ方をよく理解しているのだろう。勝手なイメージだが、『推し飯研究会』よりも、テニスサークルなんかに所属していそうな美人だった。

予期せぬ美人との遭遇に、しばし呆然としてしまった佳奈子たちだが、彼女が首を反対側へ傾げ直したことではっと我に返った。

「あ、あのっ……私たち、新入生で……今日は『推し飯研究会』の見学をさせていただこうと……」

しどろもどろになりながらも麻友が説明すると、女性はみるみる目を輝かせた。

「やっぱり新入生だ！　うわぁ、初々しいじゃん。ほらほら、入って入って～！」

弾む声とともに、女性は扉を大きく開け放った。

『推し飯研究会』の部室は、廊下の突き当たりに位置する割に、予想していたほど広くはなかった。横幅が広い分、奥行きがない。細長い部屋だった。

廊下側の壁以外、三方に窓があるため太陽光がさんさんと差し込み、照明を点けていなくても十分な明るさがあった。

部屋の中央には、調理室で見るシンクとコンロが両端についた縦長のテーブルがふたつ並び、廊下側の壁には本棚と大きな家庭用冷蔵庫がひとつ置いてあった。窓際には窓と同じ高さの棚が備え付けてあり、その上にレンジやオーブン、炊飯器といった調理家電が並んでいた。

調理を行う研究会というだけあって、豊富な数の調理器具が揃っている。が、どれも一般的な家庭用だった。

「睦美～！　莉緒～！　ピッカピカの新入生が遊びに来てくれたよ～」

入室する佳奈子たちに背を向けた女性が、テーブルへと駆けだした。

テーブルのそばの椅子には、すらっと背が高い女性と、小動物を彷彿とさせる女性という、正反対な印象のふたりが座っていた。

声をかけられた彼女たちはそれぞれ、

「見ればわかる」

「美波ちゃん、はしゃぎすぎだよ」

と、苦笑交じりにあしらっていた。

「えぇ～。だって今年に入って初めての見学じゃん。ここでテンションを上げずにいつ上げんの⁉」

某先生風に両手を掲げて出迎えてくれた女性――美波が言うと、小さな身体と潤んだ大きな瞳が印象的な女性が、「いまでしょ！」と同じように両手を掲げて答えた。

一方、身長だけでなく手足も長いもうひとりの女性も、「まぁ、確かに」とうなずいた。クールなようで、案外ノリがいいのかもしれない。胸まで伸びた黒髪は癖もなく艶やかで、手入れの行き届いた日本人形みたいだ。

いまとなっては古くなりつつあるやりとりを終え、三人は改めてこちらへと向きなおった。

「ようこそ、『推し飯研究会』へ。私は沖谷睦美。一応、この研究会の代表をさせてもらっている。といっても、大学とのやり取りに代表が必要だから引き受けただけで、とくになにかを取り仕切ったりするわけじゃないから、安心してくれ」

そう自己紹介をして片手をあげたのは、黒髪ロングの女性だ。彼女――睦美は、しとやかな容姿とは裏腹に男っぽい言葉遣いをしていた。服装もスウェットにスキニーパンツとシンプルなもので、それでもおしゃれに見えるのは、圧倒的なスタイルの良さがなせる業だろう。

「あたしは若槻美波。副代表やってます。よろしくね～」

目元でピースをしながら美波が自己紹介をした。まだ出会ったばかりだが、麻友と同類かもしれない、と佳奈子は思った。

「私は光浦莉緒です。よろしくね」

にっこり笑顔で自己紹介してくれたのは小柄な女性だ。この場にいる誰よりも背が低く、色素の薄い、ふわふわカールのボブヘアーに包まれた顔も小さい。涙をたたえたような瞳と相まって、見る者の庇護欲を誘う。それでいて、出るところは出て引っ込むところは引っ込んだ、けしからんプロポーションをしていた。

「岡崎麻友です。はじめまして」

「原田佳奈子です。今日はよろしくお願いします」

麻友と佳奈子が自己紹介をすると、美波が「まゆゆとかなっちね！」と勝手にあだ名を決めてしまった。

唐突すぎてついていけずにいると、それに気づいた睦美が「あぁ、申し訳ない」と言って美波の後頭部にチョップをかました。

「後輩たちがびっくりしているだろう。初対面の相手にいきなりあだ名を付けるなと、何度言えばわかるんだ」

「えぇ～、サークルの中だけなんだからいいじゃん。名字にさん付けで呼ぶのもなんか堅苦しいし～。だからって呼び捨てはもっとありえないでしょ」

「普通に、名前にちゃん付けじゃあダメなの？」

莉緒の至極真っ当な問いに、美波は「それもいいんだけどぉ」と口をとがらせた。

「これから推しに対する愛を語り合うわけじゃん。少しでも心の距離を縮めておきたくない？」

「それは、まぁ……確かに」

「一理あるねぇ」

睦美と莉緒は顔を見合わせて苦笑を漏らした。さらに、麻友までもが「まゆゆとかなっちでいいですよ」と勝手なことを言い出している。

美波の言葉になにかしらの説得力があって納得したのだろうが、残念ながら佳奈子にはまったく理解できない。

「あのー……」

仕方なく、佳奈子はおずおずと挙手をし、声をかけた。全員の視線が集中したところで、覚悟を決めて口にする。

「推しに対する愛を語るって、いったいなにをするのでしょう？」

目の前の先輩三人が、仲良く口をあんぐり開けて硬直した。それを見ると、恥ずかしさと申し訳なさが込み上げてくるが、気力を振り絞って正直に告げた。

「……すみません。実は私、麻友に連れられてきただけなので、『推し飯研究会』がなにをする集まりなのか、まったくわからないんです。その、手料理をするんですよね？　えっと、推し飯の推しって、なんのことです？」

「推しを知らない⁉」と睦美が声をあげ、美波は「そこからかぁー」と頭を抱えた。

　推しを知らないことは、そんなに非常識なのだろうか。自分の無知さ加減に居心地悪く感じていると、莉緒が「まぁまぁ」と穏やかに声をかけた。

「世間で話題になったのは最近のことだし、知らない人がいたっておかしくないわよ。佳奈子ちゃんが知らないなら、私たちが教えればいいだけでしょう」

「それもそうか」

「あれだよあれ。オタクの常識を世間でも常識だと思うなってやつだ。ごめん、かなっち。そんな不安そうにしなくて大丈夫だから」

　穏やかに微笑んだ美波が、淡色のネイルを施した手を伸ばして佳奈子の頭を撫でた。自分の方が美波よりも背が高いのに、という考えが頭にちらついたものの、うんと手を伸ばして頭を撫でる姿に不覚にもきゅんとしてしまった。

「とりあえず、立ち話もなんだし。椅子に座ろうか」

　睦美に促されるまま、佳奈子たちはテーブルへ歩きだした。背もたれのない、木製の四角い椅子に腰掛ける。

「あたし、お茶用意するよ。麦茶でいい？」

冷蔵庫へ向かう美波の提案に、全員がうなずいた。麦茶の入ったピッチャーを取り出し、人数分のグラスと一緒にお盆に載せて持ってくる。

全員に麦茶入りのグラスが行き渡り、喉を潤してほっとひと息ついたところで、睦美が口を開いた。

「それじゃあまず、『推し』について説明しようか」

睦美は自分の荷物から掌サイズのメモ帳を取り出すと、『推し』と書いた。

「漢字からなんとなくわかると思うけど、『推し』っていうのは推薦からきてるんだ。他者にその素晴らしさを教えたいくらいの、いち押しの存在。それが『推し』。アイドルグループの中で、最も応援するメンバーのことをそう呼んだり、お気に入りのアニメやゲームのキャラクターのことを指したりする」

「似たような言葉に『俺の嫁』っていうのがあるけど、『嫁』は言葉のとおり自分の嫁、心の嫁だから、つまりは自分と『嫁』の間に直接的な関係性を妄想するのに対し、『推し』はただそこにあるだけで尊い。『推し』の自室の壁紙にでもなって静かに『推し』を見守りたい。いや、いっそのこと『推し』の周りを漂う空気でもいい。またはタオルにでもなって『推し』の汗を拭き取ってささやかな役に立ちたい。つまりは『推し』を見守りたいだけで、自分という存在を必ずしも認識してもらわなくてもいいってわけ」

両手を胸に当て、陶酔しきった眼差しを天井へと向けて語る美波に、麻友が「わかりみがっ……深い……！」と拳を握り、莉緒が「あくまでも個人の解釈ね。中には『推し』と『嫁』が同義語の人もいるから」と付け足した。

「まぁとにかく、『推し』が自分のいち押しのことだとわかってくれたところで、つぎは『推し飯』について説明しようか」

　睦美の説明によると、『推し飯』とは、推しの好物や作中でよく口にする飲食物など、推しを想起させる食べ物のことを指すという。

「自らの推しへの愛を語ったうえで推し飯を食し、味わい、推しがいかに尊いのかを実感する……それが、あたしたち『推し飯研究会』の活動です！」

　美波が高らかに宣言して締めくくると、麻友を含めた佳奈子以外の全員がうなずいた。完全に置いてきぼりを食らってしまった佳奈子だが、これだけ人を熱くさせる『推し』というものに、わずかな興味を抱いた。

「さて、と、ひととおり説明をしたところで、今日の活動を始めようか。百聞は一見にしかず。実際に私たちの活動を見て、体験するのが一番わかりやすいと思うよ」

　睦美がそう提案すると、佳奈子たちの返事を待たずに「はいはいはいはいはい！」と美波が手を上げた。

「今日の推し語りはあたしがやりたい！」

「いいんじゃないかしら。美波ちゃんの推しはオーソドックスだし、初心者の佳奈子ちゃんにもわかりやすいよ」

「それもそうだな」

美波の推しについて、他のふたりはすでに知っているようで、莉緒も睦美もすんなりと承諾した。

発表許可が下りた美波は、さっそく自分のバッグをあさってなにかを取り出し、自分たちが囲むテーブルの上に置いた。

それは、一冊の単行本。表紙には雰囲気の良さそうなカフェでくつろぐ数人の男女が描かれていた。

「マンガ……ですか？」

「『喫茶閑日月』っていうマンガなんだけど、知ってる？」

「原作を読んだことはありませんが、アニメになっているのは知っています。映画も公開されましたよね」

アニメといえば深夜放送が主流となりつつある昨今で、『喫茶閑日月』は夜七時という夕飯時に放送されている。

内容としては、大金持ちの主人公が趣味で経営する喫茶店——喫茶閑日月を舞台に、そこを訪れる客の悩みを秘密裏に解決していく、というものだ。

美波に促されるまま、佳奈子は単行本を手に取ってぱらぱらとページをめくる。少し太めの線で描かれた、あっさりとした絵柄の漫画だった。

「この話は主要キャラの設定が盛りっ盛りでさ！　主人公の奏多はＩＱ２００の天才で、まだ十七歳なのに、数年前まで過ごしていた海外でとった特許の収入で、優雅に暮らしてんだよ。すごくない？　有り余るお金で喫茶店を始めたのに、本人は働かずにコーヒーばっかり飲んでんだよね〜」

「作中ではあまり触れられていないけれど、事故で亡くなった両親が美男美女として名をはせた俳優だったから、奏多の顔もスタイルも美しいよ！」

莉緒の嬉々とした補足説明を聞きながら、佳奈子は主人公である奏多を見る。美波の「もう国宝級だよね！」という意見には漫画のキャラクターゆえに肯定していいものか迷ったが、確かにすらりとした美人だった。

「奏多の代わりに喫茶店を運営しているのは、頼れる大人の宗吾と爽やか優しいお兄さんの瑞歩なのだけれど、実はふたりは異母兄弟で、本家の長男という地位を捨てて奏多のそばにいると決めた宗吾と、認知すらせず母と自分を捨てた父親への恨みを糧に生きてきた瑞歩っていう、正反対なふたりなのよ」

続く説明にふんふんとうなずきながら、佳奈子は単行本に目を通す。確かに、喫茶店には主人公のほかにふたりの店員がいた。

「宗吾はもと警察官で、警察官時代に事件に巻き込まれた奏多と知り合ってさ。本人の危なっかしさと、その頭脳ゆえの事件の巻き込まれっぷりを見て放っておけなくなって、最終的に奏多の家へ押しかけ女房して一緒に喫茶閑日月を開くんだ」

「瑞歩は英国の諜報員(ちょうほういん)で、奏多の調査を命じられて近づいてくるの。最初は宗吾が大切にしている存在として興味を持つのだけれど、奏多のお節介(せっかい)な性格と巻き込まれ体質の相乗効果が生む危なっかしさに目が離せなくなって、上司にそれっぽい理由をでっちあげて長期任務にして奏多の家に転がり込むのよぉ。兄弟揃(そろ)って強引すぎよね、でもそれがいいっ！」

「瑞歩と宗吾の関係性もいいよね〜。瑞歩は宗吾が嫌いなんだけど、奏多を守る戦力としては絶対的な信頼を置いているところとかさ」

「宗吾は瑞歩ともっと打ち解けたいと思っているのよね。でも、瑞歩の置かれていた状況を知っているだけに、静かに待っているの。その余裕が瑞歩としては面白くないっていう……」

「はぁ、尊いっ……この時点ですでに尊いっ！」

美波と莉緒はなにかをこらえるように身を縮めてうなった。美波と同じ熱量で話す様子から、莉緒も負けず劣らず『喫茶閑日月』の大ファンなのだろう。佳奈子には尊い気持ちはわからなかったが、なにかしらの熱い想いは伝わった。

「ここまでの説明だとBLマンガと勘違いさせそうだけど、この話にはちゃんとヒロインもいるから！　夏菜っていう幼なじみの女の子！」

佳奈子から単行本を奪った美波が、とあるページを開いて見せた。そこには、長い髪を高い位置でひとつにまとめた、セーラー服の少女がいた。彼女が夏菜なのだろう。

「奏多のＩＱの高さが判明する前、日本で暮らしていた時のお隣さんでね、海外に移ってからも文通したり時々会ったりしていたのよ。その天才的な頭脳のせいで、大人のろくでもない陰謀に巻き込まれてばかりだった奏多にとって、夏菜の存在は年相応にほっとできる場所なのぉ」

「わかりますっ！」と、熱く語る莉緒と美波の間に、今度は麻友が飛び込んだ。

「夏菜も奏多のことを心配して、高校の文化祭に奏多を誘ったり、休みの日に遊びに連れ出したりしてるんだよ。健気で初々しいふたりがまた萌えるんですよね！」

麻友の意見に、美波と莉緒が「そうそれ！」と声を揃えて同意した。

「ちょっとみんな、大事な人を忘れているぞ」

ずっと黙って話を聞いていた睦美が、とうとう参戦した。佳奈子から単行本を奪い、目的のページを開いて見せる。ボンテージスーツを着た金髪巻き毛の女性が大型バイクから降りるところだった。

「お色気担当の年上美女アリシア！　私立探偵をやっていて、海外にいた頃の奏多をいろんな事件に巻き込んだ張本人。喫茶閑日月にも時折顔を出しては面倒な問題を持ち込んでくるトラブルメーカーだ。彼女が出てくるときは、基本ほのぼのした物語が一気にシリアスに傾く。まさに『喫茶閑日月』のキーパーソンさ」

「アリシアってば無理難題を持ち込んでくるわりに、奏多が危険にさらされないよう奔走したりして矛盾してるっていうか、使命と心の狭間で苦悩してるっぽいんだよね～。それを妖艶な微笑みですべて隠すところがかっこよくて切ないのよ」

美波の熱弁に、佳奈子以外の全員が深くうなずいた。

「他にも素敵なキャラはいるんだけど～、とりあえず、喫茶閑日月によく顔を出す主要メンバーはこの五人かな～」

「じゃあ、若槻先輩の推しは、この五人の中にいるんですか？」

佳奈子の問いに「美波でいいし～」とひと言置いてから、美波は答えた。

「さっきの『推し』の説明だと、この五人の中から誰かを推しとして紹介するべきなんだけど、今回は少し違うんだ〜。あたしはね、『喫茶閑日月』のことを箱推ししてんの！」

　また新たなワードが出てきたぞ、と思いながら、佳奈子は「箱推し？」と聞き返した。

「箱推しっていうのは、アイドルグループ誰かひとりじゃなくて、そのグループ全体を推すことをいうんだけど、つまりあたしの推しは『喫茶閑日月』そのものってこと！」

「……それ、ありなんですか？」とこぼす佳奈子へ、全員が「ありです！」と声を揃えた。

「というか、『喫茶閑日月』の場合、ほぼ全員が箱推しなんじゃないか」

「箱推しというより、もうあれよ、奏多総愛されが尊すぎて選べないのよね」

　莉緒の意見に、また全員が「それ！」と指さして同意した。

　相変わらず置いてきぼりの佳奈子だったが、質問するよりも早く麻友が説明してくれた。

「総愛されっていうのは、登場人物全員に愛されているってこと。カップリング――つまりは登場人物の誰か（同性もあり）と恋人設定で妄想するもよし！　全員にひたすら愛でられている様を妄想するもよし！　いっそのこと全員に共有されるただれた関係だっておいしくいただけますありがとうございます！」

　が、やっぱり置いてきぼりだった。というか、「ありがとうございます！」と声高らかに唱和する面々の中に、どう入っていけばいいというのか。

「ごめんね、かなっち。ついていけないよね！　でももう少しだけ語らせて！　『喫茶閑日月』を語るうえでどうしても外せないものがあるんだ。奏多総愛されを存分に味わえる場所。それが『イラリク』なの‼」

唖然とする佳奈子に気づいていたらしい美波が、自らのスマホを操作して差しだしてきた。受け取って画面を見ると、『イラリク』というサイトが開いていた。どうやら、イラスト投稿サイトらしい。

「この検索画面で『奏多総愛され』って入れてみて」

指示されるまま検索をかけてみると、一万点を超えるイラストが出てきた。どのイラストにも主人公の奏多が描いてあり、誰かと仲良くツーショットを描いたものもあれば、宗吾と瑞歩に挟まれたものや、アリシアにせまられて逃げ腰のもの、はたまた、奏多をはじめとした登場人物の誰かが幼児の姿になっている、なんてものまである。

「これだけ様々なカップリングが溢れているというのに、そのどれもが奏多受けなんだよね～。あ、受けっていうのは簡単にいうとせまられる方ね」

美波の気迫に圧された佳奈子が、スマホを両手で持ったまま「はぁ」とうなずいていると、麻友が横から手を伸ばしてスマホを操作しはじめた。

「これだけ奏多受けが溢れたのはさ、『喫茶閑日月』の主要キャラのことごとくが異次元の強さを誇っているからなんだ。宗吾は空手で、瑞歩はキックボクシング、アリシアは銃器のスペシャリストだし、一般人であるはずの夏菜でさえ剣道で全国制覇しているっていう——あ、やばっ、尊い……っ！」

とあるイラストを開いたところで、麻友が口元をおさえて悶えだした。静かになにかに耐える彼女の後を、今度は睦美が引き継ぐ。

「奏多も趣味で陸上をたしなんでいるから、身体能力は申し分ないんだが、周りが超人過ぎてどうしても劣ってしまうな」

「まゆゆや睦美のいうとおり、そもそもの原作に奏多総愛されの素養はちりばめられてんだけど、ここまで流行ったのはイラリクのおかげだよね～」

佳奈子に預けたままだったスマホを返してもらった美波は、先ほどの検索結果のページを開き直した。

「イラリクってさ、自分の萌えを描いて発信するじゃん。それを見て萌えた人達が、その滾る気持ちをまた絵にするの。萌えが萌えを呼んで、みんなが自分の萌えを表現した結果、様々な奏多受けが生まれて、でもどれも愛に溢れているうえに受けが固定だからかさほど拒否反応もなく受け入れられていって、いつしか奏多総愛されっていうジャンルが確立したんだ～」

佳奈子へとスマホの画面を向けながら、美波は検索結果をスクロールしていく。いろんな相手と寄り添う奏多がいたが、不思議なことに、どれを見ても作者の情熱というか、愛が伝わってきた。

「すごいよね～。途方もない数の作品があって、その中には似たような設定もあるんだけど、ひとつとして同じものはない。イラリクに投稿する絵師さんすべてが尊いし、こんな大きなうねりっていうか、波を作った『喫茶閑日月』ってすごくない？　だからね、あたしは『喫茶閑日月』を箱推しするんだ～」

美波が晴れやかな笑顔とともに言い切った。

キラキラと目を輝かせ、胸を張る姿を見て。

佳奈子は、いいなぁと思った。

なにかに熱中して、堂々と好きだと言い切れることが。

佳奈子にはとてもまぶしくて、そして純粋に、うらやましいと思った。

自分にも、これが自分の好きなものだと言えるものがあったなら――

「それで、美波先輩。今日の推し飯はなににするんですか？　推しに関するものだから、『喫茶閑日月』に登場したことのある食べ物ってことですよね？」

隣に腰掛ける麻友が問いかけ、思わず見惚れていた佳奈子ははっと我に返った。

美波の気迫に圧倒されて忘れてしまっていたが、『推し飯研究会』の活動は、推しへの愛を語って終わりではない。その後、推しに関係する食べ物を食べて、推しを尊ぶのだった。

研究会の本分を思い出した佳奈子は、居住まいを正して美波の答えを待つ。

美波は、待ってましたとばかりに大仰にうなずくと、左手を腰に添えて右手で前を指さし、言った。

「ずばり、今日の推し飯はたまごトーストです！」

言い切るなり睦美と莉緒が拍手を贈った。てってれ〜という効果音でも聞こえてきそうだ。いや、実際に莉緒が言っていた。

「どうしてたまごトーストかっていうと、奏多は喫茶閑日月で、たいていたまごトーストとコーヒーのセットを食べてんの。たまごトーストは瑞歩が、コーヒーは宗吾が用意すんだよ。どんだけ尽くされてんの、おいしすぎでしょ、ありがとうございます！」

「ありがとうございます！」と、佳奈子以外の全員が声を揃えた。

「奏多はさ、いつもカウンターの一番端の席にいて、たまごトースト食べながらコーヒー飲んでんの。こう、足組んでカップを口元まで持ってきて、香りとか楽しんでんだよ。なにそれ、どこの貴族って感じじゃない⁉」

足を組んだ美波がなにかをつかんだふうの右手を口元まで持ち上げ、目を閉じて大きく息を吸った。間違いなく奏多の真似だろう。確かに、どこの貴族だとつっこみたくなる仕草だった。雰囲気のあるカフェでやられたならなおさらだろう。

「カウンター内では宗吾がカップを磨いて、瑞歩はフロアで接客してんの。でもたまごトーストは必ず瑞歩が作ってんだ～。これを愛と呼ばずしてなんと呼ぶ！」

両手を頬に添えた美波が身体をくねらせると、周りの面々も一緒になってはやし立てた。

「それじゃあ、さっそく調理に取りかかろうか。かなっちとまゆゆも一緒にね」

ひととおりはしゃぎまくったところで、睦美が場を仕切った。

佳奈子と麻友は促されるまま、三人と一緒にテーブル端のシンクで手を洗う。布巾を受け取って手を拭いていると、美波と莉緒が冷蔵庫へ向かい、睦美が机下の戸棚から小鍋を取り出して水を注いだ。

「茹でたまごってさ、水から茹でる？　それとも沸騰するまで待つ？」

「面倒だし、水の時点で入れておけばいいんじゃないか」

美波からたまごを受け取った睦美は、それを水で満たした鍋へそっと沈め、コンロの火にかけた。

「お塩はこのくらいでいいわよね」

睦美の脇から顔を出した莉緒が、小さなスプーン山盛りの塩を放り込み、鍋にふたをする。

「茹で時間はどうする?」

「サラダ用だから固茹でにしたいし、沸騰してから十分くらいでいいだろう」

「オッケ〜!」と答えながら、美波は冷蔵庫の扉に貼ってあるキッチンタイマーをセットした。

「佳奈子ちゃん、テーブルの下の戸棚からポットを出して、お水を入れてこっちへ持ってきてくれるかな?」

マイペースに、しかしながらてきぱきと動く三人を呆然と見ていたら、コンロ前に立つ莉緒に声をかけられた。突然のことにワタワタしながらも、佳奈子は麻友とともにポットを見つけて水を注ぎ、持っていった。

「ふたりともありがとう。じゃあこれも、火にかけるね」

ポットを受け取った莉緒が、コンロに載せて火をつける。

「喫茶閑日月みたいなサイフォンなんてないし、とりあえずハンドドリップね〜」

言いながら、美波がハンドドリッパーとサーバーをテーブル下の戸棚から取り出した。莉緒は食器棚から人数分のコーヒーカップを用意している。

「コーヒーは睦美ちゃんが担当なの。コーヒーって、淹れる人で味がものすごく変わるのよねぇ」

「べつにこれといって特別なことはしていないけどな。強いて言うなら、最初に蒸らして、お湯をゆっくりたっぷり注ぐようにしてる」

ペーパーフィルターに折り目をつけた睦美は、受け取ったドリッパーにセットしてコーヒー豆を入れていく。

何度も往復するスプーンを目で追いながら、麻友がぽつりとつぶやいた。

「たくさん入れるんですね」

「人数が多いからな。適当だから、その時々で濃さが違ったりするんだ」

「いいんだって！　私たちはプロの料理人じゃないし～」

「その時々で細かな違いはあったとしても、大まかなその人の味というものがあるから、家庭料理は飽きずに食べられるんですって」

「ねぇ～」と美波と莉緒に同意を求められた佳奈子は、思わず答えに窮してしまう。その反応を見た先輩三人は、揃って目を瞬かせた。

「あー、すみません。佳奈子のお母さんは料理上手らしいので、味のぶれとかもあんまりなかったんだと思います」

すかさずフォローにはいった麻友の説明を聞いて、先輩三人は大いに感心した。佳奈子は慌てて「いえ、そういうんじゃなくって……」と言い募る。

「ただたんに、いつもだいたい同じ味だったなって思っただけなんです」

「それってすごいじゃん！　もしかしてお母さん、きちんと調味料を量ってたとか？　几帳面な感じ？」

「几帳面……かどうかはわかりませんが、完璧主義なところはあります。調味料は、調理中の台所にあまり入れてもらえなかったのでなんとも……」

「え？　台所に入れなかったって、お母さんに料理を教わらなかったのか？」

「小学生の頃にカレーを一緒に作った以外は、一緒に台所に立った記憶はないですね。なので、手料理に関してはなにも教わっていません。私自身、あまり手料理をしようとは思わなくて」

歯切れ悪く答えていると、隣の麻友が「もぉ！」と声をあげた。

「佳奈子ったらおいしいお母さんの料理になれすぎて、自分で作ろうとしないんですよ！　ひとり暮らしでも自炊せずにまかないのあるバイトをするって、それじゃあダメだと思って今日ここへ連れてきたんです」

「麻友が推し飯に興味があったからでしょ」

「それもあるけど！　それだけじゃないよ。佳奈子のことを心配してるんだからね！」

思いがけない麻友の心遣いに、佳奈子はただただ驚く。

手料理をしないというのは、そんなにおかしなことだろうか。自分の労力を使ってまで、食べたいとは思わないのだが。

「自分で作るより、買った方がおいしいよ」

佳奈子のつぶやきに、全員が「そんなことない！」と声を揃えた。

「確かに、外食や総菜(そうざい)もおいしいし、なにより楽だけれど、手作りには手作りの良さがあるのよ？」

「それは、手料理が上手な人だからで……私にはできません」

「そんなの、わかんないじゃん！」

「さっき、母親から料理を教わらなかったって言ってたよね。料理っていうのは、誰かに教えてもらいつつ、何度も何度もくり返してできるようになっていくものなんだ。だから、かなっちが料理をできなくても、なんら不思議じゃない。だって、台所にすら入れてもらえなかったのだから」

睦美の指摘に、当人ではなく麻友が「なるほど、そういうことかぁ」と納得した。一方の佳奈子は、難しい表情でうなる。たとえ母親に手料理を習い、できるようになっていたとしても、やっぱり自炊しようとは思わないからだ。

「まぁまぁ、そう深く考え込まずに、まずはやってみよう」

いつのまに傍に立っていたのか、睦美が佳奈子の手を取り、テーブルの反対側まで移動した。そこにはまな板と、刃が波型になっているパン切りナイフ、袋に入った食パン一斤（きん）が置いてあった。

「たまごが茹であがるまでにあと少し時間があるから、先にパンを切ってしまおう。パン切りナイフなら手を切る心配もないし、初心者にはもってこいだ」

わざわざパン屋から買ってきたようで、袋から出てきた食パンに切れ目などなかった。どこをどう切ればいいのか、佳奈子がナイフ片手に途方に暮れていると、睦美が背後に立つ。

「左手は軽く握って……猫の手をイメージすればいい。ナイフを入れるつもりの場所から少し横に置いて、左手の第二関節にナイフの刃の側面を当てる感じで右手を構えて……切るときは押すんじゃなくて、のこぎりみたいに前後に動かす」

丁寧（ていねい）な説明をしながら、佳奈子の両腕に手を添えて動きを誘導していく。おかげで、切れ目がゆがむことなくきれいに切ることができた。だいたい、厚さ二センチくらいだろうか。よく購入する六枚切りのパンより分厚く見えた。

続けてもう一枚、睦美の誘導でパンを切る。

「この調子で、あと三枚切ってくれるかな。大丈夫、斜めになってもいびつになっても、パンの味に変わりはないから」

「かなっちいっちゃえ！」

「頑張って！」

睦美に続いて、美波と莉緒が励ましの声をかけた。佳奈子が思わず麻友へと視線を向けると、彼女はいけとばかりに何度もうなずいていた。

この場にいる全員がいいと言っているのだ。もうなるようになれ～、と心で叫びながら、パン切りナイフを動かす。切り口が少し斜めになってしまったけれど、壊滅的な見栄えの悪さになることもなく、無事に切ることができた。

佳奈子がほっとひと息つく周りで、四人が「よくできました！」と拍手喝采を贈る。たかだかパンを切るくらいで大げさな、と照れくさくなったが、そんな『たかだか』なことさえ自分はしてこなかったのだな、と佳奈子は実感した。

「じゃあ、切ったパンにバターを塗っていこう」

「はいはぁい。これどうぞ～」

美波が冷蔵庫から取り出したバターを受け取って、佳奈子と麻友がパンに塗っていく。

手料理をまったくしない佳奈子だが、ひとり暮らしを始めてから、食パンだけは欠かさず置いていた。パンは偉大だ。トースターとバターがあれば佳奈子でもおいしい朝食を作れるから。

バターを塗っている間に、たまごの茹で時間を計っていたタイマーが鳴った。

「佳奈子ちゃん、鍋の中身をたまごごとザルにいれてもらえるかしら？」

シンクにザルを置いた莉緒が、柔らかな笑顔とともに声をかけた。バターナイフを睦美に渡し、佳奈子はコンロへ移動する。

火を消して、湯気の立つ鍋を慎重にシンクまで運ぶと、中身をザルに放り込んだ。湯気で視界が真っ白に染まり、思い切り吸いこんだせいで軽くむせる。ステンレスのシンクが温まり、バコンと間抜けな音を立てた。

「茹でたたまごは氷水で冷やすと殻が剝けやすいんだ〜」

氷入りのボウルを持ってきた美波が、水を注いでから茹であがったたまごを沈める。

触れてもやけどしない程度にたまごが冷めるのを待って、佳奈子と美波と莉緒の三人は殻をむき始めた。氷水で冷やしただけあって、薄皮ごと殻がペロリとめくれていった。

「剝いたたまごはたまご切りで細かく切って〜っと」

たまごの形にくぼんだ台座に、金属製の糸をはったふたのようなものがついた器具で、美波が手早くたまごを細かくしていく。軽やかな手並みに佳奈子が見入っていると、その視線に気づいた美波が「え」と声を漏らした。

「もしかして、かなっちたまご切り見たことない⁉」

佳奈子がうなずく前に、周りが「まじで⁉」「そんなことある⁉」とどよめいた。

「佳奈子ちゃんのお母さんは、たまごを包丁で丁寧に切っていたのね。すごいなぁ」

「本当にな。包丁でした方が大きさの融通が利くし、きっとおいしくなるんだろう。かなっちのお母さんは、よっぽど料理にこだわりがあったんだな」

莉緒がぽやぽやと感心する隣で、睦美も大仰にうなずく。佳奈子は「まぁ、確かに。いろいろとこだわって作っていたと思います」と曖昧に笑った。

「かなっちのお母さんには敵わないだろうが、私たちは私たちなりに作っていこう。たまごが切れたら、マヨネーズを入れて混ぜてくれ」

睦美からマヨネーズを受け取り、刻んだたまごのうえにかける。

「ここで塩こしょうを入れるのが私流なの」

佳奈子の脇からひょっこりと顔を出した莉緒が、塩こしょうをほんの少しだけふるった。すぐ引っ込んでいった彼女を目で追っていたら、美波に「ほら、混ぜる混ぜる！」と急かされてしまった。

慌てて手を動かし、全体が混ざったところで、睦美がひと口味見をした。

「……うん、完璧だな！　じゃあ、これをパンに載せて焼いていこうか」

指示に従い、佳奈子と麻友がパンにたまごを載せていく。載せたそばから、莉緒と美波が二台あるトースターにふたつずつ放り込んで焼き始めた。

「あとは待つだけ〜。楽しみ〜」

トースターをのぞき込みながら美波がご機嫌につぶやいたのを聞いて、佳奈子は「これだけでいいんですか？」と目を丸くした。

「そう。これだけでいいの。簡単でしょ？」

脇からひょっこり顔を出した莉緒が、優しく笑いかけた。さっきも思ったが、いつの間に背後に立っていたのだろう。気配を感じられなかった。

「こだわりのある人や喫茶店だともっといろいろと手をかけるんだろうが、私たちはただの学生だからな、これでいい。簡単でも、おいしいものは作れるからな」

ドリッパーに湯を注ぎつつ、睦美が言った。

ドリッパーからサーバーへと落ちていく水滴を見つめながら、佳奈子は本当に簡単だったな、と改めて思う。これなら毎日作れそうだ。

しかし、こんなに簡単に作れて、果たしておいしいのだろうか。喫茶店ではもっと凝ったものを作っていると言っていたし、やはり手料理である以上、過度な期待はするべきではないかもしれない。

サーバーにたまっていくコーヒーを眺めてもんもんと考える内に、トースターが高い音を鳴らした。いい具合に焦げ目のついたパンを取り出し、すぐさま最後の一枚を焼き始める。

作業台として使っていたテーブルを片付けて、皿に盛り付けたパンを並べた。カップに注いだコーヒーを添える頃には、最後の一枚も焼き上がった。

人数分のたまごトーストとコーヒーが用意できたので、佳奈子たちはそれぞれ席についた。

「それじゃあ、用意もすんだことだし、いただこうか。はい、手をあわせてー、いただきます」

睦美の音頭(おんど)に合わせて、全員が手を合わせて「いただきます」と言った。

他の面々がすぐに食べ始める中、佳奈子は皿に載るたまごトーストを凝視した。

ほんのりと湯気を立ち上らせるたまごトーストは、たまごサラダの表面についた薄い焦げ目が香ばしそうで、食欲を誘う。喫茶店のモーニングみたいだ。佳奈子は思わず、生唾(なまつば)を飲み込んだ。

パンを両手で持ち上げ、口元へ持っていく。こわごわとかじりつけば、サクッと軽い音がした。

たまごサラダの表面はさくさくしているのに、内側はふわっとしっとりしていた。マヨネーズのまろやかな酸味とたまごのコクが広がり、けれど味がぼやけていないのは塩こしょうのおかげなのだろう。

パンからはじわりとバターがしみ出して、嚙めば嚙むほどパンの甘みが広がった。

あまりのおいしさに感嘆の息を漏らしてから、佳奈子はコーヒーを口にした。豊かな香りが鼻を通り抜け、またひとつ息がこぼれる。味わい深い苦みをささやかな酸味がぬぐいさって、それでいてえぐみを感じないのは、ゆっくり淹れたからだろうか。

おいしい——そう思うと同時に、佳奈子は想像する。たまごトーストとコーヒーをいただく奏多のことを。

喫茶閑日月は、落ち着いた色味の木材を基調にした、温かでどこか懐かしい雰囲気の店だ。

奏多が座っているのは、出入り口から一番遠い、カウンターの端っこの席。コーヒーカップを口元で揺らして香りを楽しみながら味わい、たまごトーストにかじりつきつつ客がこぼす悩みに耳を傾けていた。

そんな奏多を、宗吾はカウンターの中で食器を拭きながら、瑞歩はフロアの仕事をこなしながら、見守っている。コーヒーがなくなればおかわりを注ぎ、お腹がすいたと聞けばたまごトーストを用意して——ときにはケーキといったスイーツを出すこともあるかもしれない。

夕方になると、学校帰りの夏菜が喫茶閑日月に顔を出して、その日あった他愛(たわい)もないことを話していく。ときどき週末に遊びに行く約束なんかして、宗吾や瑞歩も一緒にどうかな、店は臨時休業にしちゃってさ、なんて商売っ気のないことを奏多が言い出して、宗吾と瑞歩は仕方がない奴だな、と苦笑を漏らすのだ。

のんびりとした日々は、しかし、アリシアの訪れとともに一変する。また面倒事か、危険に巻き込むのかと宗吾と瑞歩が警戒しても、アリシアが奏多の好奇心を巧みにくすぐり彼らを事件に巻き込んでしまうのだ。

宗吾と瑞歩の抵抗むなしく、命を懸(か)けるような大事件に巻き込まれてしまった彼らは、ぼろぼろの体になりながらもなんとか解決し、喫茶閑日月に帰ってくる。

もう二度とアリシアに関わりたくないとぼやく宗吾と瑞歩らに、奏多が好奇心に負けてごめんと謝ったりして。しょんぼりする奏多へ宗吾と瑞歩は気にするなと言いつつ、内心ではアリシアがやってきたらまた巻き込まれるんだろうなとあきらめていたり。

そんなほのぼのとした空気の中で奏多が口にするのは、たまごトーストとコーヒーのセットだ。

奏多への、宗吾と瑞歩の深すぎる愛を堪能しながら、たまごトーストとコーヒーを味わった佳奈子は、同じように食べ終えたみんなと視線を交わしあう。

誰かが指示をするでもなく、自然と手を合わせた佳奈子たちは、感嘆の息とともに、言った。

「尊い……！」

第二話

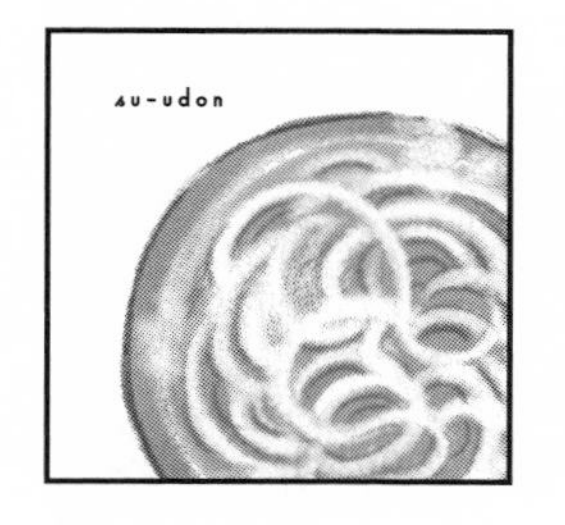

ストイック
素うどん

カーテンの隙間から陽の光が容赦なく差し込む朝。枕元のスマホからハンドベルを模した明るいようでどこか重たい音色のメロディが鳴り響いた。

枕に顔半分を沈めて熟睡していた佳奈子は、短いメロディが三回繰り返したところでスマホへと手を伸ばした。数度空振りした手がやっとスマホを見つけると、持ち上げることすらなく指先の動きで音を止めた。

目的を達成した手はするすると布団の中へ戻っていったが、二度寝をなんとかこらえて起き上がった。寝ぼけ眼のままぼんやりと空を見つめ、ぼさぼさな長い髪を豪快にかきむしりながらベッドから足を下ろす。

立ち上がった佳奈子がまず向かったのは冷蔵庫。マーガリンと一緒に取り出したタッパーには、昨晩作り置きしたたまごサラダが詰めてあった。

パンにマーガリンを塗ってからたまごサラダをたっぷり載せて、冷蔵庫上のトースター機能付きレンジに放り込む。マーガリンとタッパーを片付けるついでに食べきりサイズのヨーグルトを出して、手早く作ったインスタントコーヒーと一緒にローテーブルに置いた。

冬場はこたつにもなる正方形のローテーブルには、文庫本が山積みになっている。そのうち一冊に手が伸びたものの、軽やかな金属音が響いたためレンジへと移動した。

焼き上がったパンを皿に載せ、コーヒーの隣に並べる。ベッドを背もたれに腰を下ろした佳奈子は、「いただきます」と両手を合わせた。

しかし、手を伸ばしたのはパンではなく文庫本。目的のページを開くと片手に持ち替え、空いた方の手でパンを口に運ぶ。器用に片手でページをめくりながら食事を続けた。

用意した朝食を食べ終えてもなお、本から目を離さなかった佳奈子は、やがて最後のページまで行きつく。両手で開いたままの本をおろし、呆然と前を見つめたまま呟いた。

「なんてことだ……！」


「はあぁぁ〜？　『喫茶閑日月』が気になるところで終わってる？」

教授の入室を待つ講義室に、麻友の声が響いた。声だけでなく表情からも彼女が呆れ返っているのは明らかだったが、すぐ横の席に腰掛ける佳奈子は至って真面目な顔で神妙に頷いた。

「てかさ、佳奈子ってば美波先輩から借りたコミック、もう全部読んだの⁉　確か三十冊くらいなかったっけ？」

麻友が驚愕のあまり眉根を寄せて声を荒らげると、佳奈子は「有意義な時間でした」と言って親指を立てた。

推し飯研究会へ見学へ行ったあの日、佳奈子は美波から『喫茶閑日月』の既刊全三十冊を借り受けていた。

あれから三日。一日十冊ペースで読んだことになる。

「私、昔から読むの早いんだよね」

「早すぎでしょ！　そんなので、ちゃんと頭に内容が入ってるの？」

「入ってるよ！　入ってるから、いまこんなにヤキモキしてるんでしょ！」

最新刊の三十巻では、相も変わらずアリシアが持ち込んできた、厄介な事件を調査していたのだが、敵の罠によって奏多が孤立してしまう――というところで終わっていた。

どんなピンチも華麗に、ときに傷だらけになりながら解決してしまうことこそが売りである『喫茶閑日月』であるから、今回も三人の力で無事乗り越えるのだろうと分かってはいる。いるけれども、ハラハラドキドキは止められないのだ。

「だって奏多ってば銃弾受けてお腹から血を流してるんだよ⁉　いままでにない危機的状況じゃん、先が気になって当然だよ‼」

佳奈子は両手を握りしめて苦悩を語る。すっかり喫茶閑日月沼の住人となってしまった佳奈子を、麻友はどこか達観した笑みで見守りつつ、「あぁ、そっか。そこで終わってるんだね、コミック」とこぼした。

「ヤキモキしているあなたに素敵情報を……。先週発売した雑誌に、コミックの続きが載ってるよ。ちなみに、明後日が最新号の発売日ね。つまりは明日までは続きが掲載された雑誌が手に入るってこと」

　もたらされた朗報に、佳奈子は目を見開いて「なんてことだ……」と口元を手で覆った。

「こうしてはいられないっ、いますぐ買いに行かなくちゃ！」

「ちょい待てぇい‼　もう講義始まるからっ。教授来ちゃうからっ」

　椅子から立ち上がった佳奈子を、麻友が服の裾にしがみついて止めた。彼女の言うとおり、講義室の扉が勢いよく開いて教授が入室してきた。

　教卓の前に立つ教授を見て、いまさら講義室を出ることは叶わないと諦めた佳奈子は、大人しく椅子に座り直した。

「よし、講義が終わったら買いに行こう」

「いや、ダメだから。今日はこの後、推し飯研究会の部室へ行くんでしょ」

　講義の邪魔にならないよう、ぶつぶつと呪文のようにこの後の予定をつぶやく佳奈子に、すかさず麻友からダメ出しが入った。

　推し飯研究会の見学をした日から三日。結局その日のうちに入会を決めた佳奈子たちは、本日二回目の訪問を約束していた。

推し飯研究会の活動自体は毎日行っているそうで、その日集まったメンバーで推し語りがしたい人がいれば推しへの愛を叫んで推し飯を食すし、そういう気分の人が誰もいなかった場合には、適当になにかをつまみながら雑談に興じるらしい。

また、部員になったからといって毎日活動する必要はなく、推し語りがしたい、または聞きたい、と思ったときに顔を出せばいいそうだ。ゆえに、推し飯研究会はまぁまぁの人数が所属しているという。

とはいえ、レギュラー部員は睦美(むつみ)と美波、莉緒(りお)の三人だけで、ときたま他の部員がゲストのように顔を出すらしい。

「そういえば、麻友はほかのサークルはどうするの?」

講義を続ける教授に見咎(みとが)められないよう、佳奈子は隣に座る麻友に身を寄せ、声を潜めて問いかけた。

推し飯研究会に所属を決めてから今日まで、佳奈子は麻友に付き合って別サークルの見学をしていた。運動系から文化系まで、節操(せっそう)がなさすぎるだろうと言いたくなるほど、多種多様なサークルを見学しまくったのだが、推し飯研究会のようにその場で入会に至ることはなかった。

「それなりに楽しそうなサークルはあったんだけど、すぐさま入りたい！　って思うほどのものはなかったんだよね。とりあえず、推し飯研究会の活動に慣れてから、余裕があれば入ろうかなって」

　佳奈子は「そっか」とうなずいただけに留めたが、内心では大いに共感していた。推し飯を食したあとの、あのなんとも言えない高揚感と充足感は、他のサークルで感じることは一度もなかった。

「佳奈子はどうなの？　バイト、どこかいいところ見つけた？」

「平日はなるべく推し飯研究会の活動に参加したいから、シフトの融通がきくところにした。しばらくは土日をメインにバイトして、いまの生活に慣れて余裕ができてきたら平日もバイトしようかなと」

「佳奈子ってば、やる気まんまんじゃん。食費の節約はいいの？」

　佳奈子の並々ならぬやる気を感じ、麻友がにやけ顔で言った。軽口を叩いているようで、その実、自分と同じ気持ちであるということが嬉しくて仕方がないのだ。だからこそのにやけ顔だと分かっているため、佳奈子も不愉快に思うことなく「いいんだよ」と笑った。

「推し飯研究会で食べるから、夕飯もそんなにいらないし。それに、睦美さんも言っていたとおり、私は手料理についてなにも知らなさすぎるなって自覚したの」

「あぁ、そういえば言ってたね。誰かに繰り返し教えてもらうことで、料理はうまくなるんだっけ」

「そう。推し飯研究会の活動に参加することで、手料理を上手に作れるようになったら、証明になると思うんだ」

視線を落として、どこか決意のこもった声音で言う佳奈子に、麻友は「証明？　って、なんの？」と首を傾げた。

「手料理がうまくできないのは、ただ、誰にも教えてもらえなかったから──ていう証明」

前を向いて、教壇で語る教授ではない、もっと遠くを見つめながらつぶやく佳奈子に、麻友はただ「ふーん」とだけ言って、余計な詮索はしてこなかった。

「まぁ、とりあえずさ。この講義が終わったら、推し飯研究会の部室へ行こう」

わざとらしいくらいに、明るい笑顔で麻友は言う。その絶妙な距離感と気遣いに、佳奈子も「楽しみだね」と明るく返したのだった。

三日ぶりに訪れた萬寿館は、今日も変わらず異彩を放っていた。重厚感漂う木造建築は、きっと文化価値があるのだろう。

けれども、真っ黒い外観と背後に背負う林のせいで、どうしても陰鬱とした空気が漂っていた。

すでに出入りしたことがあるというのに、一度入れば帰れない恐怖の館だったらどうしよう、という考えが過って、佳奈子は苦笑をもらした。

ひそやかに覚悟を決めて扉を開け放ち、相変わらず見通しの悪い廊下を進んでいく。突き当たりの扉を開くなり、溢れでる光にまたしても目が眩んだ。

「お、来たね」

「新入部員さん、いらっしゃ～い！」

「ふたりとも、よく来てくれました」

目を瞬かせる佳奈子と麻友に、三者三様の声がかかる。白く染まった視界が光に慣れると、部屋の奥で睦美、美波、莉緒の三人がテーブルを囲ってお茶を飲んでいるのを見つけた。

「お久しぶりです。もしかして、もう推し語りを始めてしまいましたか？」

大学の講義は学生が自主的に選択するものだ。ゆえに、学生ひとりひとりで講義を受ける時間帯も変わってくる。

佳奈子と麻友の本日最後の講義がたまたま同じものだったから、こうやって一緒にやってきただけである。落ち合う時間を決めたわけでもなく、ましてや学年も学科も違う睦美たちがいつここにやってくるのかなんて、佳奈子にわかるはずもなかった。

推し語りを最初から聞けなかったのは残念だな、と思っていたら、莉緒が「大丈夫、大丈夫～」と手を振った。

「お茶飲みながら適当におしゃべりしていただけだから」

「今日はかなっちとまゆゆが来るってわかってたから～、ちゃんと待ってたんだぁ！」

ばちんと音がしそうなウインクをする美波の隣で、睦美も「そうだな」とうなずいて立ち上がった。

「さてと、ふたりが来てくれたことだし、さっそく推し語りを始めようか」

そう言って睦美が棚(たな)からグラスをふたつ持ってくると、莉緒がお茶を注いだ。それぞれ、美波に手招きされるまま椅子に腰掛けた佳奈子と麻友へ手渡される。

遠慮(えんりょ)なく喉(のど)を潤して一息ついたところで、麻友がおもむろに片手をあげた。

「あの、今日は私が推し語りしてもいいですか？」

「いいよ、いいよ、大歓迎だし！」

「麻友ちゃんは、なに系が好きなのかしら」

「楽しみだな」

美波は両手を掲げて歓迎の意を示し、莉緒と睦美は顔を合わせて笑い合う。誰も反対がいないとわかり、麻友はほっと胸をなで下ろした。

すぐさま準備にとりかかる麻友を横目に見ながら、佳奈子は、なにを題材にして推し語りをするのだろうと予想した。

運動が得意で、高校時代は部活に青春を捧げた超活動的な麻友だが、実はそこそこのゲーマーである。そして、ゲームをきっかけに歴史にハマった歴女でもある。

歴史にハマるきっかけとなったゲームをあげるのか、はたまた、歴史上の人物をあげるのか……。

全員の注目を浴びる中、麻友が鞄から取り出したのは、オレンジのカバーをかけたスマホ。軽く操作してからテーブルに置くと、画面にはアプリのタイトル画面が映っていた。

「ゆる～り……日本、遺跡歩き？」

丸くロゴデザインされたタイトルを、麻友以外の四人が読み上げた。「そうです」と仰々しくうなずいてから、麻友は語り出す。

「今回、私がみなさんに推したいものは、スマホアプリ『ゆる～り日本遺跡歩き』です！」

両手を握りしめ、鼻息荒く言い切る眉を見つめながら、佳奈子は初めて聞くタイトルだなと自分の記憶を探った。

これまでいろんなアプリを麻友に教えてもらってきたが、『ゆる〜り日本遺跡歩き』は一度も聞いたことがない。いつのまに始めていたのだろう。

液晶に映るタイトル画面には、タイトルロゴの背後にどこかの城と思われる画像が映っていた。城の写真というよりも、城へ観光へ行った際の写真というべきか。本丸に入る門前の広場という、一枚絵としてはインパクトに欠ける画像だった。

パノラマ写真なのだろうか。横に細長い写真の左端から右端まで映し出しているのか、背景画像はゆっくりと左へ流れていた。麻友が取り上げないのをいいことにぼうっと見つめていると、画面の端から女の子の背中が映り込んできた。

旅行先で素人（しろうと）が撮影した写真のようだ、とは思っていたが、まさか人物まで映り込んでいるとは思わなかった。しかも、わざわざ3DCGで作った女の子を、パノラマ写真に合成しているらしい。長い水色の髪の女の子が、門へ向かっているのか、こちらに背を向けて踏み出そうとしているところだった。

カメラの動きに合わせ、少女の後ろ姿が右から徐々にあらわになり、とうとう全身が画面に収まった。そのとき、ぴくりとも動かなかった少女が、くるりとこちらを振り返った。

「えっ」

静止画の一部だと思っていた女の子が動いたため、佳奈子はびっくりして声が漏れてしまった。

女の子は画面を見つめる佳奈子たちへ向けて笑顔で手を振ると、画面奥の門を指差してなにか語りかけ、そのまま走り出してしまった。やはり門を目指していたようで、門から延びる一本道を進んでいけば、写真の奥行きに合わせて少女の姿が小さくなっていく。このまま中へ入っていくのかと思ったが、道の半ばで立ち止まり、こちらへと振り返った。彼女が笑顔で手を振ると同時に、画面が徐々に白く染まっていく。

徐々に色を取り戻した画面に映っていたのは、さっきとは別の風景画像だった。富士山の写真だ、とわかったところで、麻友がスマホを手に取る。

「今回私が推す『ゆる〜り日本遺跡歩き』は、その名の通り、日本の歴史的建造物や自然遺産などを題材にしたアプリです。簡単に内容を説明すると、さっき画面に現れた水色の髪の女の子——ヒノコって言うんですけど、彼女が日本中の歴史的建造物や自然遺産のウンチクを披露してくれるんです！」

「う、うんちく？」

「それはまた……マニアックなアプリだね」

「この子、ヒノコちゃんっていうのね。かわいらしいわぁ」

斜め上にマニアックな麻友の推しに、睦美たちは戸惑いを隠せないようだが、その顔に映るのは嫌悪や拒絶ではなく、未知への好奇心だった。目をキラキラさせて麻友の言葉を待っている。

三人と視線を合わせた麻友は、まかせなさいとばかりにひとつうなずいて、さらなる推し語りを始めた。

「3Dキャラがプレイヤーに語り掛けてくるアプリなら、さほど珍しくありません。ですが、この『ゆる〜り日本遺跡歩き』のヒノコが語るのは、先ほども言ったようにウンチクです！　しかも、ちょっと歴史に詳しければ知っているような底のあっさい知識じゃないんです！　いかにヒノコが素晴らしいか……私が語るよりも実際に見ていただいた方が分かりやすいんで、とりあえず外にいきましょう」

外とはつまり、どこかの歴史的建造物のもとまで行くということか。歴史的建造物というと、城や古墳、寺社仏閣あたりだろうか。引っ越してまだ日が浅く、この辺りの土地勘がない佳奈子には、これといって浮かばなかった。

いったいどこへ連れていかれるのだろう。他の面々も同じことを思ったのか、立ち上がったものの足が重い。

そんな佳奈子たちに気づいているのかいないのか、麻友は「ほら、早く早く」と急き立てた。半ば押し出されるようにして萬寿館の外まで来たところで、「ここまでくればオッケーです」とスマホを操作し始めた。

「え、どっかの城跡とかお寺とか行かなくていいの？」

拍子抜けする美波に、麻友以外の全員が同調した。まだ萬寿館から出ただけである。見渡したところで、赤煉瓦が美しい学舎と青々としげる樹々や芝生が見えるだけだ。

戸惑う佳奈子たちに、麻友は「まぁ、まぁ、ちょっと待っててくださいね～」とニンマリ笑いながらスマホを操作し続ける。

「よし、準備が終わりました！　みなさん、スマホ画面が見えるよう、私の後ろに回ってもらえますか～」

指示通り、佳奈子たち四人は麻友の背後に回った。スマホ画面には麻友の足元が映っている。どうやら、カメラが起動しているようだ。

「それじゃあ、始めまーす」

そう言って、麻友がスマホカメラを向けたのは、墨色の和風建築——萬寿館だった。

萬寿館を映してどうするのか問いかける前に、スマホ画面に水色の髪の女の子——ヒノコがひょっこりと現れた。

こちらへ顔を向けていたヒノコは、後ろを振り返るなり『わぁ〜』と声を上げて軽く跳ねてみせた。

『これは、御幸原女子大学にある萬寿館ね！　明治のころ、海外の要人をもてなすため、横浜に建築されたのよ。大正に入って軍事施設として利用するために現在地に移築、増改築をされ、戦後、放棄された萬寿館を改築して御幸原女子大学が開学したの！』

　ヒノコが萬寿館を知っていたことにも驚きだが、すらすらと語られるウンチクには舌を巻いた。

　古い古いとは思っていたものの、まさか明治に建てられたとは。増改築を繰り返したとはいえ、いまでも現役で使われているなんて、実際に利用していても信じられなかった。

　萬寿館の歴史の深さに驚愕している間も、ヒノコのウンチクは続く。建築様式から、文化財として、どこに価値があるのかなど、その知識量の豊かさにはただただ感嘆した。

「すごいわ、ヒノコちゃん。かわいいだけじゃなくて物知りなのね」

　莉緒が拍手とともに称賛すると、麻友は「そうでしょう」と得意な顔で胸を張った。

「このアプリの特徴は、まず、ヒノコの知識の豊富さです！　富士山や東京駅といった有名スポットだけにとどまらず、萬寿館のような知名度の低い建造物の知識もきっちりと備えています。それだけでなく……」

カメラを構えたまま、麻友は萬寿館へ近づいていく。

『ふわぁ〜、本当に真っ黒なのね。萬寿館は軍事施設として移築されたけれど、前線基地とかではなくただの保養所だったから、第二次世界大戦の終わりのころには放棄されていたの。もともとは真っ白な漆喰の壁だったのを、地元の人たちが空襲から守るために黒く塗りつぶしたそうよ』

戦時中に黒く塗ったという噂は本当だったらしい。まさかスマホアプリで真相を確かめることになるとは思わなかった。

感心する佳奈子たちを引き連れて、麻友は扉をくぐって中へと入る。スマホから、ヒノコの『へぇ〜』という声が響いた。

『萬寿館の中ってこんなふうになっているのね。建造当初、玄関ホールや広間なんかがあったらしいけど、学校に生まれ変わるときに大規模な改築が行われたみたい。しっかりと基礎から改修したからこそ、いまもなお存在しているんだけどね。ちょっと広間とか見てみたかったなぁ』

扉をくぐってから突き当たりの階段まで、細長く距離があるなと思っていたが、ホールがあったのだと聞いて納得した。学舎を横半分に切るように走る廊下も、昔は別の位置に通っていたのかもしれない。内部の詳しい資料はあまり残っていないのだとヒノコから聞いて、佳奈子は残念に思った。

「……ていうか、ヒノコってば、あたしたちと普通に会話してない⁉」

「ヒノコが勝手にペラペラと語りかけてくるだけだが、現状にぴったりすぎて会話しているように感じてしまうな」

驚き戸惑う美波の隣で、睦美が冷静に分析していると、麻友が「そうなんです！」と感極まった顔で両手を握りしめた。

「このアプリは、スマホで撮った画像をリアルタイムで解析して、状況に合わせてヒノコが解説してくれるんです。自分だけのツアーガイドと一緒に巡る日本遺跡。それが、『ゆる～り日本遺跡歩き』のコンセプトなんです‼」

スマホを持つ手を高く掲げ、麻友が堂々と宣言する。画面の中では、ヒノコが物珍しそうに辺りを見渡していた。

「自分たちがどこにいるのかは位置情報である程度特定できるとして、スマホで撮った映像にリアルタイムで反応を示すって、すごいね～」

「アプリ、なんだよね？　私も使ってみたいけど、いい値段がしそう」

歴史的建造物を題材にした無料アプリは多々あれど、生き生きと動く３Ｄキャラクターに声優、カメラに連動して細やかな反応をするＡＩなど、素人にもすごいとわかる部分だけでもそうとうな労力が必要そうだ。

　ダウンロード価格は数千円するかもしれない。もしくは、月額だろうか。麻友のように頻繁(ひんぱん)に城跡巡りをするわけでもないので、月額よりも買い切りの方がありがたいな、と思う佳奈子へ、麻友はニヤリと笑った。

「いい値段、しそうよね？　数千円とか軽く超えてきそうな機能だよね。ですが、な、なななななんとぉ！　こちら『ゆる〜り日本遺跡歩き』！　お値段まさかの無料でございまぁす‼」

　どこぞのテレビショッピングのように、耳に痛い裏声で麻友が宣言した。対する佳奈子たちも、後付け効果音よろしく「ええ〜⁉」と驚きの声を上げる。

「さらに、ダウンロード後に課金するようなこともございません。こちらのアプリ、正真(しょうしん)正銘(しょうめい)の完全無料でございます‼」

「このクオリティで無料だなんて、ほかのアプリ会社からクレームこないの⁉」

「クリエイターの価値を正当に保つためにも、労力の安売りはよくないんだぞ。会社はきちんとクリエイターに対価を払うべきだ」

「タダより怖いものはないって、昔から言うものねぇ」

「皆さん、ご安心ください。きちんとした理由があってお得なんです」

憤慨する美波たちをなだめるように、麻友は両手を前へ掲げた。美波たちが怒りを抑えて口を閉じるのを待ってから、麻友はスマホを操作して画面を見せた。

アプリを再起動したのか、画面には『ゆる〜り日本遺跡歩き』のタイトル画面が映っている。

「この画面の、右下に小さく表示してある文字、読めますか？」

「京洛、大学……歴史建築研究部？」

「え、大学？」

「研究部ってことは、部活ってこと？」

「そう！　そうなんです！　『ゆる〜り日本遺跡歩き』は歴史や地理が大好きな大学生が集まって作った作品なんです！」

「ええー……でも、学生が作れる範囲を超えてない？」

訝しむ美波に、麻友が「おっしゃる通りなんですが、そこは運命としか説明できない事態がありまして！」と食い気味に言った。

前回も思ったのだが、人は推し語りをするとき、声が大きくなったり身を乗り出したりする傾向にあるようだ。推しへの愛を叫ぶことが推し語りなのだから、それだけの愛が溢れ出していることだろうか。

「このアプリの開発が始まったのはちょうど二年前。そのころ京洛大学には天才たちが集結していたのです‼　３ＤＣＧで好きな歌手のミュージックビデオを自作していた『れきＰ』！　ワンタッチ操作なのに時間を忘れて遊べるパズルゲームや、理不尽すぎる死にゲーといった独自のゲームを多数世に出した天才プログラマー『いぬっち』！　そして動画投稿サイトで歌ってみた動画やネット小説の朗読動画などを投稿していた『まいまい』！ＣＧデザイナーにプログラマー、そして声優。このアプリを作る上で必要な人材であり、かつ、それぞれの界隈で有名な三人が歴史建築研究部で出会った……。これを運命と呼ばずになんと呼ぶ‼」

麻友が暑苦しく言い切ると、美波が「あぁ！」と手を叩いた。

「まいまいってやっぱり動画配信サイト『コロ動』のまいまいか！　どうりで聞き覚えあると思った～‼」

美波はすっきりしたと言って笑顔を浮かべた。なるほど、知っている人は知っている有名人らしい。きっとれきＰやいぬっちも知る人ぞ知る存在なのだろう。

「三人はとにかく歴史好きでね。さらに現地に行ってその当時の様子を妄想するのも大好きっていう、とにかく同じ趣味を持っていたんです。研究部で知り合った三人は一緒に史跡を回り、語り合い、そして思ったそうです。もっといろんな人に史跡の良さを実感してもらいたいと」

気軽に始められて、かつ、歴史に興味を持ってもらえる方法はないだろうかと考えた末、三人はアプリを作ることにした。

その当時すでに、歴史を題材にしたアプリは溢れていた。世界遺産で検索しても結構な数のアプリが出てくる状況で、歴史に触れるきっかけを提供するということは、既存のアプリに触れてこなかった人々にダウンロードしてもらわなければならない。つまり、いままでにない新しいアプリを作る必要があった。

「なにかいい題材はないだろうか。頭を悩ませていた時、れきPが目をつけたのが、これです！」

アプリを閉じてネット検索を始めた麻友が、とあるゲームサイトを開いて見せた。

画面には、制服姿の女の子が三人並んでいる。佳奈子には見覚えがなかったが、「あ、これ……」と莉緒が反応した。

「『クロスラブ』？　えっと、十年くらい前に携帯ゲーム機から出て、社会現象になったやつだよね」

「たしか……高校生活を送りながら、同級生の女の子と恋愛していくっていうゲームだったはず」

「うわぁ～懐かしい～。従兄弟の兄ちゃんがはまってたわ。リアルのデートスポットとかが登場して、実際にその場所に行って擬似デートしてた～」

美波の話を聞きながら、わざわざゲームのワンシーンと同じ場所へ行って擬似デートって、すごい行動力だな、と思ったところで、佳奈子は「あ」と声を漏らした。他三人も同じ考えに至ったようで、一斉に麻友へと視線を向ける。

全員から注目された麻友は、この時を待っていたとばかりに、大仰に頷いた。

「そうなんです。このクロスラブのように擬似デート的な状況を作りあげれば、自主的にいろんな場所を訪れてくれるのではないか、と考えたんです」

カメラで撮った映像をリアルタイムで解析し、映っている建造物や小物、動植物に関係するセリフをキャラクターに話させる――素人の佳奈子たちには夢のような話だが、天才プログラマーであるいぬっちの力をもってすれば不可能ではなかった。あとはれきPがキャラクターを作って、まいまいが声をあてればいい。大変な時間と労力はかかるだろうが、実現するだけの人材が揃っていたのだ。

「ですが、ここでひとつ問題が出てきたのです！　男性向けゲームである『クロスラブ』を模してアプリを作ってしまうと、ダウンロードしてくれるのは男性ばかりになるのではないか、と」

だったら女性向けに男性キャラを作ればいいと思いがちだが、話はそう簡単ではない。キャラクターの命ともいえる声を担当するのはまいまいひとり。演じられる男性キャラクターにも限界があると却下(きゃっか)されたという。

また、男性の声優を雇うという案もでたそうだが、これはあくまで部活動なのだから、なるべく部員たちで賄(まかな)いたいと、やはりこちらも却下されたのだった。

「考えに考えた結果、彼らはひとつの結論に至りました。案内役となるキャラクターは複数ではなくひとりだけ。男性にも女性にも受け入れられるようなキャラクターを作ると！」

アプリのコンセプトを、擬似デートから歴史に詳しい友達とのお出かけ、に変更したのだ。

男性には、ただの友人よりは親しいけれど色恋の艶(つや)っぽさがない、さっぱりとした関係に。それでいて、女性にはふたりでよく遊びに行く気のおけない友人、というふうに感じてもらえるようなキャラクター。それを目指すことにした。

「それってめちゃくちゃ難しくない⁉」

思わずといったふうに声をあげた美波に、佳奈子はおおいに同意した。人間誰しも好みというものがあるのだから、すべての人に好かれる人間なんて存在するわけがない。

「不可能としか思えないこの難題に、れきＰら三人だけでなく、部活に所属する人たち全員を巻き込んで挑みました。ひたすら考えに考え、試作キャラクターを作っては男女問わず様々な人に見て、聞いてもらい、その印象を教えてもらって、問題点は修正していく。そうやって積み上げていった先に、ヒノコというキャラクターが生まれたのです！」

　ぐっと拳を握った麻友が熱く語る。

目指したのは、あっさり爽やかな人当たりで、誰かにこびを売るようなあざとさを感じさせず、裏表もない。架空のキャラクターなのだから互いに受け答えはできないけれど、ひとりで出掛けたときになんとなく話し相手がいるような、ひとりじゃないと感じられるような存在。

　話に聞き入っていた佳奈子は思わずうなずいた。あくまで個人の感覚ではあるが、ヒノコというキャラクターは、よく当てはまっているように思ったからだ。事実、いろんな場所で彼女の知識を聞いてみたいな、と佳奈子は考えてしまっている。

「アプリを作る上での肝であり象徴であるヒノコのキャラクターが固まってしまえば、あとは完成までひた走るだけです！　いぬっち主導のプログラム班、れきＰ主導のＣＧ班、そしてまいまい主導のセリフと資料検索班に分かれて作業に没頭しました！　ちょっと歴史に対する愛が暴走してニッチな情報まで詰め込んでしまってるけど、だがそれがいいっ‼ 普段何気なく歩く日常風景の中に隠れる歴史を拾い上げ、私たちに教えてくれる……それこそが！ この『ゆる～り日本遺跡歩き』の素晴らしいところなのです‼」

麻友はまるで天上の神に祈るかのように、広げた両手を高く掲げた。熱く語りすぎたからか弾んでしまった息が落ち着くのを待って、今度は身体を縮めるようにぐっと両手を胸元で握りしめる。

「れきP、いぬっち、まいまいの三人が同時期に同じ大学に入学したことは、まさに奇跡と言っていいでしょう。けれども、このプロジェクトは三人だけではなし得なかった。部員たちの全面的な協力があってこそ。アプリ制作のど素人ばかりだったにもかかわらず彼らが完成まで突き進めたのも、すべては！ 歴史に対する愛ゆえなのです‼ これを尊いといわずして何という‼」

麻友はスマホを握りしめた手を前へ突き出し、高らかに宣言した。その熱意に押されるように、佳奈子たちは自然と拍手する。

スマホには『ゆる～り日本遺跡歩き』のタイトル画面が映し出されていて、その端っこに控えめに表示された京洛大学歴史建築研究部という文字が、なんだかとても輝いて見えた。

「素晴らしい推し語りだった。それじゃあ、今日の推し飯を教えてくれるかな？」

部室まで戻ってきたところで、改めて睦美が切り出した。全員の注目をあびた麻友は、両手を腰に当てて胸を張る。

「今日の推し飯は、ずばり！　素うどんです‼」

「…………素うどん？」

聞き慣れない名称に、佳奈子は首を傾げた。どうやら睦美や美波も知らないらしく、微妙な表情を浮かべている。そんな中、莉緒だけは素うどんを知っていたようで、説明してくれた。

「関西ではかけうどんのことを素うどんって言うのよ」

素うどんとは、かけつゆをかけただけのうどん——すなわちかけうどんのことだった。キツネや天ぷらといった具は入っていないが、ねぎなどの薬味やかまぼこ程度は入っている。

「うどんにかけつゆをかけるっていうのは同じなんだけど、肝心のかけつゆが関東と関西で違ってね。ざっくりいうと、関東は濃口醤油、関西は薄口醤油を使ってるって感じかな」

「莉緒先輩は関西出身なんですか？」

「母方の祖父母が京都にいるの」

　麻友の問いに、莉緒は肩を竦めて答えた。なんだか微妙な空気になったなと感じていたら、美波が「京都の老舗呉服屋さんなんだよね！」と元気よく莉緒の腕にしがみついた。

「え、それってつまり呉服屋さんのお嬢様ってことですか⁉」

「違う違う、うちの両親は普通の会社勤めよ。最近は母方の実家とはほとんど交流はないんだから」

「呉服屋の孫娘がそんなくだらない趣味をもっていては、外聞が悪いって言われたんだよね〜」

　趣味とはもしや推しのことだろうか——と佳奈子が思っていると、莉緒が「他人の推しに文句がつけられるなんて、呉服屋ってよっぽど偉い御商売なんですねぇって言って没交渉だよ」と普段のおっとり具合からは想像もできない背筋も凍る笑みを浮かべた。

　推し飯研究会に所属するほど推しへの愛に溢れた人間相手に推しを否定するなんて、絶対やってはいけないことだろう。推し語り初心者の佳奈子にもわかる。

　普段穏やかな人の逆鱗ほど触れると恐ろしい。佳奈子と麻友がひしひしと実感していると、いつものほんわりとした笑顔に戻った莉緒が「私の推しについては、また今度教えてあげるから」と言った。佳奈子たちはただ黙って首を何度も縦に振るだけだった。

なんとも薄ら寒い空気を払うように、睦美が両手を打ち鳴らした。

「さてと、さっそく推し飯の調理に入りたいんだけど、その前にどうして素うどんが推し飯なのか教えてもらってもいいかい？」

あらぬところへ脱線していた話を戻されて、麻友ははっと我に返って「あ、はい！」と丸まっていた背を伸ばした。

「素うどんは、アプリを作っていた京洛大学歴史建築研究部の皆さんが学食でいつも食べていたメニューだからです！」

「そんなマニアックな情報、よく知ってるね。どこから仕入れたの？」

目を丸くして感心する美波に、麻友はスマホを操作して画面を見せた。

「『ゆる〜り日本遺跡歩き』のタイトルメニューからクレジットが見られるんですけど、そこの最後の方のスペシャルサンクスに『京洛大学学食　素うどん』って書いてあるんですよ。あと、京洛大学歴史建築研究部がクラウドファンディングをしていて、そこにも『集まった支援金の幾らかは部員の素うどん代に替わることがあります。あらかじめご了承ください』って書いてあります」

クレジットを見せ終わった麻友があらためてスマホを操作し、大手クラウドファンディングサイトを表示させた。どうやら京洛大学歴史建築研究部は第二弾として『ゆる～り世界遺跡歩き』を作ろうとしているらしい。説明文の末尾には、たしかに素うどんについての表記があった。

「ちなみに、ファンの間ではクラウドファンディングに支援することをお布施と呼んでいます。もちろん私もお布施しました！」

「素晴らしい作品を作ったクリエイターへの感謝の気持ちなんだよね！　わかるよ！」

「すごいな。もうすでに目標金額の二倍以上集まっているぞ」

「部活動だから無料ってわかっているけれど、価値ある作品にふさわしい対価を捧げたくなるのよねぇ」

「……そういうものなんですか？」

推し語り初心者の佳奈子にはいまいちピンとこず、素直に疑問が溢れてしまった。

『ゆる～り日本遺跡歩き』が素晴らしい作品だというのは佳奈子にもわかる。だからこそ、有料でも十分やっていけるような作品を無料でダウンロードできるなんて、とってもお得で嬉しいな、とついつい考えてしまうのだ。

「お得に遊べて嬉しい。それはよくわかるよ。でも、なにをするにもやっぱりお金はかかるものだから。部活の一環だから無料でダウンロードできるけれど、実際は結構な金額と時間を費やしてこのアプリは作られていると思うんだ。これは予想でしかないけど、素うどんをよく食べていたのも、一番安いメニューだったからじゃないかな」

諭すような睦美の言葉に、うなずいた美波が続く。

「どれだけ情熱をもって、部活動として採算度外視で作品を作っててもさ～、最低限必要な経費分の収入がなくちゃ、マイナスが嵩んでいつかは部の存続さえ難しくなるじゃん。そうなったら『歴史に興味を持ってもらう』という本来の目的すら達成できないよ」

「これが会社だったら、人件費もかかってくるわよね。クリエイターにだって生活があるんだから、相応の給料を支払わなくちゃ。じゃないと、クリエイターたちが転職してしまって誰も作り手がいなくなっちゃうわ」

頰に手を添えた莉緒が言った。

三人が語ることは当たり前なことだけれど、言われるまで佳奈子の頭から抜け落ちていた。思わず、「その通りですね」と感心した。

「ちょっと大きな話になっちゃうけどさ、私たち享受する側がふさわしい対価をきちんと支払わないと、クリエイティブ業界全体の元気がなくなって、いつしか新たな娯楽がなにも生まれない世の中になっちゃうんだよ。だから私はお布施をするの！　クリエイターに敬意を払い、出すべきものにはきちんとお金を出す、私は分別あるオタクです‼」

立ち上がった麻友が握り拳を胸に当てて宣言すると、美波たち三人も拳を高く掲げながら立ち上がり、「クリエイターに正当な報酬を‼」「好きだと思ったものにはきちんとお金を落とそう！」「クリエイティブはボランティアじゃない‼」「クリエイターを活かすも殺すも私たち次第！」と次々に声を上げ出した。

言っていることはどれも正しいと佳奈子は理解しているのだが、彼女たちからほとばしる熱さにはとうていついていけそうになかった。

茫然と見守っていると、やがて満足したのか四人は静かになり、場を仕切り直すように睦美がひとつ咳払いした。

「よし。それじゃあ、推し飯調理に取り掛かろう。今日の推し飯は素うどんだから……うどんとかけつゆを用意しようか」

睦美の号令と同時に、先輩三人は動き出した。

「たしか冷凍うどんがあったよね。かなっち～、コンロ下の棚から寸胴鍋と片手鍋をひとつずつ出してくれる～？　まゆゆは机下の引き出しから計量カップと計量スプーンを出して～」

冷蔵庫へと向かった美波の指示を受け、佳奈子と麻友はそれぞれ鍋と計量カップをテーブルに出した。

「寸胴鍋で冷凍うどんを茹でるから、水をたっぷり入れてコンロにかけてくれる？　片手鍋はかけつゆ用だから軽量カップと一緒に預かるねぇ」

　調味料を複数抱えて戻ってきた莉緒の指示に従い、佳奈子は寸胴鍋に水を注ぐ。三分の二くらいまでと言われたので、そこまで溜めてコンロへ持っていった。

「素うどんだから、薬味はネギとかまぼこでいいかな」

「たしかたこ焼き作ったときの天かすが余ってたはずだよ〜」

「あぁ……これだな。天かすも入れよう。コクがでる」

　美波が冷凍庫を、睦美が冷蔵庫をあさりながら会話している。目的のものを見つけたのか、ふたり揃って戻ってきた。

　一人前ずつ凍ったうどんが五つと、ネギとかまぼこ、そして天かすと書かれた小袋が、先に置いてあった調味料の横に並べられた。

「素うどんは簡単な料理だけど、初心者のかなっちにもわかりやすいように段取りを確認しよう。まず、寸胴鍋で沸かした湯で冷凍うどんを茹でるんだが、湯を沸かすのに時間がかかるから、その間にかけつゆも作ってしまおう。ネギとかまぼこは早く用意しても乾燥するだけだし、かけつゆを作ってから用意するってことでよろしく」

　睦美の説明に、美波と莉緒が「はぁ〜い」と返す。佳奈子と麻友も黙ってうなずいた。

「じゃあ、かけつゆを作っていきましょう。今回使うのはこちら！」

莉緒が手にとって掲げたのは、白だしのボトルだった。

「この白だしをメインに好みの味に整えていきまぁす」

莉緒から白だしを受け取った佳奈子は、指で示されたラベル表示に目を通した。成分表示や取扱説明とは別に四角く区切った表が記してあり、そこにはメニューごとの最適な白だしの濃度が書いてあった。白だしとは様々な料理に使えるらしく、表には今回作るかけうどんだけでなく、だし巻き卵や吸い物、煮つけやおでん、炊き込みご飯などが載っていた。

「ここに書いてあるかけつゆの割合で水と白だしを混ぜてみて」

慣れないスプーンでの計量に四苦八苦しながらも佳奈子がなんとかやり終えると、莉緒が片手鍋を火にかけた。お玉で軽く混ぜてから少量を小皿ふたつにとったかと思えば、ひとつを佳奈子へ差し出す。味見をしてほしいとのことだったので、受け取ってかけつゆを飲むと、だしの香りがふわっと膨らみ、塩気が残った。

「表示通り薄めただけでも十分おいしいでしょう？」

「すごい……とってもおいしいです、こんなに簡単なのに……」

「簡単においしくできるなんて、白だしは最強調味料よねぇ。でも私としては、もう少し甘い方がいいのぉ。味醂をいれたいところだけど、ないから砂糖とお酒を入れちゃいまぁす」

そう言って、莉緒が手にとったのはパック酒だった。料理酒というのだから、お酒を加工した調味料かと思ったのだが、どうやら日本酒のことをさすらしい――と佳奈子が心の中で納得していたら、少し離れた場所で見守っていた麻友が「いやいや、佳奈子。納得しているところ申し訳ないんだけど、料理酒と日本酒は違うから。料理用の酒のことを料理酒っていうから」と訂正した。

「……え、そうなの？　料理酒と酒って違うの？」

「米を原料に使っているから根本的には一緒なんだろうけどね。でも、料理酒は料理酒でちゃんと売ってるから！」

「昔、総菜屋さんでバイトしていた先輩が、料理酒よりもパック酒使った方がおいしいよって教えてくれたんだ。それからずっとパック酒使ってるの」

つまりは、パック酒を料理酒にするのは一般的ではないらしい。莉緒の説明を聞いた佳奈子は、とりあえず「そうなんですか」と感心しておいた。

白だしのときとは違い、莉緒はとくに量ることなく砂糖と酒を鍋に放り込んだ。沸騰してアルコールがとぶのを待ってから、小皿にとる。口に含むと、ほんのり甘くて優しい味わいになっていた。

「うん。これで完成でいいかなぁ」

「薄口醤油は使わないんですか？」

「うふふっ、大丈夫よぉ。白だしは最強だから！　これ一本にいろんな調味料が混ざっているから、わざわざ薄口醤油を入れなくってもいいのぉ」

ぐっと親指を立てて莉緒が言い切る。こんなに簡単でいいのかと佳奈子は思ったものの、前回のたまごトーストもとてもおいしかったので黙って納得した。

「かなっち、かけつゆの準備が終わったなら、こっちでかまぼこを切ってくれるかい？」

睦美に声をかけられ、佳奈子はまな板の前に麻友とともに立つ彼女のもとへ移動した。ふたつ並べられたまな板には、それぞれネギとかまぼこが置いてあった。麻友がネギが載るまな板の前に立ち、佳奈子は睦美にかまぼこを載せたまな板の前に誘導された。

「まゆゆは刻みネギやったことある？」

黙ってうなずく麻友を確認してから、睦美は佳奈子へと向きあった。

「じゃあ、かなっちにはかまぼこを切ってもらいます。パンを切るときに教えた、猫の手は覚えているかな？」

佳奈子は「はい」と元気よく答えながら、ぐっと握り込んだ左手を見せた。

「そうそう。その手をこれから切るかまぼこの上に載せて……パンを切るときと同じ要領で、のこぎりを使うイメージで前後に大きく動かしながら切る」

　パンを切ったときと同じように睦美が佳奈子の後ろに回り、両腕に手を添えて誘導していく。五ミリ幅くらいに切れたかまぼこが、ぽてんとまな板に倒れた。

「じゃあ、今の感じでどんどん切っていってくれるかい？　ちょっとやそっと歪だって気にしなくていいから。わからなかったら声をかけてくれればいいし。頑張れ！」

「はい」ともう一度元気に答えてから、佳奈子はかまぼこを切っていった。だんだんとかまぼこの量が減ってくると、押さえる手を置く場所がなくなって四苦八苦したが、そういう時は指先を使うんだよ、と丁寧に教えてくれたためなんとか全て切ることができた。

　佳奈子が切ったかまぼこと麻友が刻んだネギ。それぞれを小鉢に入れたところで、美波から声がかかった。

「かなっち～。そろそろ寸胴鍋の湯が沸いたから、こっちにおいで～。冷凍うどんを茹でてみよう」

「まゆゆはシンク下の棚からザルを出しておいてくれるかい？　一番大きいやつ」

　睦美の指示を受け、麻友がシンクへ移動し、佳奈子も美波が待つコンロへと向かった。

　コンロでは寸胴鍋の中でお湯がぐつぐつと煮立っている。麻友が両手で持つステンレス製のトレーには、個包装された冷凍うどんが五個載っていた。

「じゃあ、かなっち。いまからこの凍ったうどんを袋から出して、鍋の中に投入します」

「凍ったまま入れるんですか?」

「そう。冷凍うどんっていうのは、基本的に茹でたてのうどんを冷凍してあるから、レンジ解凍か鍋でさっと茹でるくらいでいいんだ～。自然解凍や流水解凍すると麺が伸びきっちゃっておいしさが損(そこ)なわれるんだよ」

なるほど、と感心しながら佳奈子はうどんをひと玉投入した。

「はい、つぎつぎ入れてってね～」

「え、つぎつぎ入れるんですか?」

「そう!　五玉全部茹でます!　じゃなきゃこんなおっきな寸胴鍋使わないし～」

「それって……大丈夫なんですか?」

問いかけながらも、佳奈子の手はつぎつぎうどんを投入していく。

「製造業者の人が見たら卒倒するかもね。せっかく沸かした湯が一気にぬるくなって解凍むらができるだろうし。でも、ひとつひとつ茹でるのって面倒でしょ?　私たちは料理人じゃないからいいんだよ。さっ、入れ終わったら菜箸(さいばし)で混ぜて混ぜて～」

最後のうどんを投入するなり、菜箸を渡された。戸惑いつつも、麺がほぐれるのを促すように、菜箸で鍋の中身を混ぜた。

「いい感じにほぐれてきたね～。じゃあ、シンクに持っていこっか。はい、鍋つかみ～」

手袋型の鍋つかみを受け取った佳奈子は、火を止めて鍋を持ち上げた。予想以上の重量と、鍋から上がってくる湯気と熱に腰がひけたが、なんとかシンクまで移動する。

シンクには、それだけでシンクが埋まるほど大きなプラスチック製のザルが置いてあった。こんな大きなザル、見たことがない。いったいどこで売っているんだと思っていたら、背後から「かなっち、そのまま中身をザルにあけちゃって‼」という信じ難い指示が飛んだ。

「えっ、ちょっ、あの、持ってるだけで、すでに辛いんですけどっ！」

「大丈夫！　シンクの縁に鍋を載せればちょっと楽になるから‼」

「安心して、佳奈子！　ちょっとやそっと勢いが余ったって、シンクのほぼ全面をザルがカバーしてるからこぼれないって‼」

「流した瞬間に湯気で目の前が真っ白になって、息苦しくなったり咳き込んだりするけれどそういうものだから、ファイトぉ！」

睦美、麻友、莉緒の順で励ましてくれているのだが、なぜだか不安が増すだけだった。莉緒に至ってはもう完全に不穏である。息苦しくなるってどんな状況だ。

「というか、みんなどうしてそんな離れてるんですか⁉　もっとそばにいてください
よ！」
佳奈子の悲壮な叫びに、美波が「無理！　だって化粧が崩れるじゃん‼」と即答した。
なんと無情なことだろう。茹でたうどんをザルにあげるということ自体が初めての体験
なのに、これほど大きな寸胴鍋を抱えて行わなければならないなんて。
正直泣きたい気分だったが、美波の「かなっち、いけ！　ここでもたもたするとうどん
が伸びておいしくなくなるよ！」という言葉で腹を括った。せっかくのおいしさが台無し
になるなんて、絶対に許せない。
シンクの縁に寸胴鍋を置き、そこから慎重に傾けていく。ちょろちょろと溢れた湯がザ
ルの中央あたりに溢れているのを確認したら、もうあとは思い切りよく中身をぶちまけた。
ばしゃ――んっ！　という衝撃音と共に、視界が真っ白に染まる。
「ふわっ、あちっ――ぅえほっ、げほごほ‼」
一気に立ち上った湯気と熱気に、佳奈子は驚きの声をあげた。が、湯気を思い切り吸い
込んだせいで咳き込む。莉緒がわざわざ教えてくれていたというのに、驚きすぎて手を離
してしまい、寸胴鍋ごとザルに放り込んでしまった。
「かなちゃん、大丈夫？」

「わかっていたけど、すっごい衝撃音と湯気だったな」

「ちゃんとうどんはザルの中に入ってるよ。頑張ったじゃん、佳奈子！」

「寸胴鍋ごといっちゃったけど、床におっことして火傷(やけど)したら危なかったから、むしろよくやったって感じだね」

距離をとって見守っていた睦美たちが、佳奈子の奮闘を称賛しながら戻ってきた。

莉緒が寸胴鍋を持ち上げると、睦美がザルを両手で持って豪快に上下に揺すり、水気を切る。その間に美波がどんぶりを五つ持ってきた。

「量はどうする？」

「とりあえず、今日のところは五等分でいいんじゃない？」

「かけつゆ持ってくるわね」

美波がどんぶりを手渡し、睦美がうどんを入れ、莉緒がつゆをかけて机に並べる。相変わらず、三人は流れるように連携を見せた。

「よし。それじゃあ、あとはネギとかまぼこと天かすを各自で好きなように載せて、素うどんの完成！」

机に並ぶ五つのどんぶりから、各自一番近いどんぶりを手に取ると、ネギやかまぼこをトッピングし始めた。佳奈子もみんなの様子を観察しながら、ネギと天かすを大きなスプーンいっぱいずつと、かまぼこを三切れ載せる。

全員の準備が済んだところで、もうひとつの机へと移動し、席についた。

「それじゃあ、今日の推し飯をいただこうか。さぁみんな、手を合わせて……いただきます」

睦美の号令に合わせて、全員が「いただきます」と手を合わせる。

箸を手にした佳奈子は、目の前のどんぶりをまじまじと見つめた。関西風の素うどんは、佳奈子が記憶するうどんとは見た目からして違う。

つゆが、透き通っているのだ。それでいて、ほんのり金色に輝いて見える。立ち上る湯気を吸いこむ勢いで深呼吸すれば、だし本来の楚々とした、それでいて華やかな香りがした。

意を決してうどんをすする。だしの香りときりっとした塩気が口全体に広がり、嚙むほどにうどんの甘みがじわじわとにじみ出てきて、塩気と甘みの絶妙な調和が生まれた。

醬油のインパクトが強いからか、関東風がしっかりとした味を楽しむのに対し、関西風はだしの香りと味わいを楽しむような……。そのわりに、後味は関西風の方がきりっと塩気が残るように思う。

「……うん。これはこれでおいしい」

味の方向性は違うけれど、関東と関西、どちらのうどんもおいしい。

京洛大学歴史建築研究部のみんなも、いまごろこのうどんを食べながら作業を頑張っているのだろうか。

山のような資料を抱えて、ヒノコになにをどのように説明させるのか相談でもしているのかもしれない。この史跡いいよね。いやいや、それはさすがにマニアックすぎない？それをいうならこれもだろ。とかなんとか、さぞや白熱していることだろう。

きっと部室の一角にはパソコンがいくつも並んでいて、いぬっちをはじめとしたプログラム担当がただ黙々とキーボードを打っているんじゃないだろうか。れきPも彼らに混ざってCGの制作に追われているかもしれない。

朝からぼちぼち集まって、昼は行きがけに買ってきた軽食を食べつつ作業を続ける。集中していたらいつの間にか日が暮れていて、そういえばお腹が空いたよね、なんて話しながら食堂へやってきた彼らは、今日も一番安い素うどんを頼むのだ。

かけつゆまで飲み干してしまった佳奈子は、ほぅ、と満足のため息を吐いてからどんぶりを置いた。周りを見渡せば、他の面々もちょうどどんぶりを置くところだった。

そうして今日も、誰に指示されるでもなく手を合わせ、声を揃えて言うのだ。

「尊い……！」

第三話

適当極み
クッキー

『これこれっ、この観覧車！　うわぁー……すごい……！　これが七十年も動き続けている観覧車かぁ……。人はもう乗せていないみたいで、時々試運転している姿が見られるだけなんだって』

スマホ画面の中のヒノコが、佳奈子が撮影している観覧車を指さした。よほど興奮しているのかその場で軽く飛び跳ね、長い水色の髪が揺れていた。

気持ちはわからなくもない。七十年なんて、十八年しか生きていない佳奈子からすれば気が遠くなるような時間だ。途方もない時間、動き続けている観覧車……歴史的建造物にさほど興味のない佳奈子でも感じるものがあった。

麻友の推し語りを聞いたその日のうちに、佳奈子は『ゆる〜り日本遺跡歩き』をダウンロードしていた。アプリの中に収録遺跡の検索機能を見つけたので、引っ越してきてまだ日が浅く土地勘のない近隣に、なにかいいスポットはないだろうかと検索した結果、この観覧車を発見した。

七十年も動き続けるこの観覧車は、このあたりで一番栄えている駅の駅前デパートの屋上に設置されている。

赤、緑、オレンジ、水色の四色のゴンドラは、子供がクレヨンで塗り込んだように色鮮やかで、形も角張った六角形をしており、よく見ると窓はなくかご形の座席に帆の屋根が被(かぶ)さっているだけだった。八つのゴンドラを支える支柱はどれも細く頼りなく、けれども華奢(きゃしゃ)な美しさがあって、まるで昭和レトロさがかわいいブリキの観覧車が、そのまま大きくなったようだった。

『観覧車は高さ十メートル、直径八メートルで約三分半かけて一周するんだって。一周十分越えが普通な私たちからすると、一瞬で終わっちゃう感じがするけど、当時の人達にはとても楽しい時間だったんだろうね』

　これだけ小さな観覧車なのだ。三分半で一周と言われても納得する。ヒノコの言うとおり、私たちにとっての一瞬が、当時の人達には胸ときめく時間だったのだろう。ごく自然にデジタルな存在であるヒノコに共感してしまい、これが『ゆる〜り日本遺跡歩き』の魅力かと実感した。

　ヒノコの説明をひととおり堪能(たんのう)したところで、佳奈子は今日のゆる〜り遺跡歩きを終了することにした。

　アプリをとじ、これからどうしようかとあたりを見渡す。今日は大学の講義が午前だけだったので、学食で昼食をいただいてからここまでやってきたのだが、時計を見たところ三時にもなっていない。

　このまま家に帰ったところで手持ちぶさただし、推し飯研究会に顔を出そうか。麻友や美波(みなみ)たちととくに約束はしていないが、推し飯研究会は参加も不参加も自由、行きたいと思ったら来るべし、がルールである。暇を持てあました佳奈子がふらっと訪れたところでとくに問題はないだろう。

そうと決まれば、さっさと移動してしまおうと、佳奈子は観覧車に背を向けた。一応、麻友に一言メッセージを送っておくべきか、などと考えながら室内への出入り口へと歩いていたら、野太い叫びが聞こえてきた。と同時に、ポップな音楽が響き出す。

足を止め、あたりを見渡してみる。屋上には子供連れの客がゆっくりできるよう、子供向けの大型遊具やゲーム機の他に、ポテトやソフトクリームといった軽食を売る売店があった。

週末には家族連れで賑(にぎ)わうであろう場所にまたも響く、男たちの野太い叫び声。闇雲(やみくも)に叫んでいるのではなく、なにか呪文のような決まった文言を声を揃えて叫んでいるらしい。それがさらなる異様さを醸(かも)し出していた。

心の平穏のためにも真実を把握(はあく)しておきたい——あたりをよくよく見渡した佳奈子は、屋上の一番奥、大型遊具の裏側に人だかりができていることに気づいた。

おそるおそる近づいていくと、大型遊具の裏側に小さなステージがあり、お揃いの衣装を着た女の子たちが歌って踊っていた。

どうやら、アイドルのライブイベントらしい。ステージ前には二十人くらいの男性が集まり、それぞれ両手に光る棒を持って踊っていた。

……踊っている、でいいのだろうか。上半身ごと両腕を激しく振り回して円を描いたり、高く天を突いたかと思えば地面に拳を落としたり。とにかく激しい動きで、あれではアイドルが歌って踊る姿が見えないのではないか、と心配になった。

ステージに立つアイドルよりも、彼女たちを応援するファンたちの一糸乱れぬ踊りやかけ声に釘付けになっている間に、イベントは終了してしまった。

ステージに誰もいなくなったところで、佳奈子ははっと我に返る。時計を見れば、もう四時をまわろうとしていた。

部室に何人か集まっていてもおかしくない時間だ。早く移動しなければ、せっかくの推し語りを聞き逃してしまうかも――佳奈子が慌ててステージに背を向けた、そのとき。

「あれぇ？　かなちゃん？」

声をかけられ、振り返った佳奈子は、目を丸くした。

「……え、莉緒先輩？」

ステージ前から移動してきたと思われる男性の群れの中に、莉緒が立っていた。

いつもと同じポヤポヤとした雰囲気を纏って、肩の辺りまで持ち上げた手を軽く振りながこちらへ駆けてきている。

が、その格好はいつもの上品なスカートスタイルではなく、スキニーパンツの上にアイドルのグループ名がデザインされたTシャツを着込み、ローマ字でメンバーの名前がでかでかと書かれたタオルを首にさげていた。額の中心に♡マークがあしらわれたはちまきを巻いて、両手にはもちろん、光る棒。

周りを行き交う男性たちとそっくり同じ格好だった。

普段からは考えられない姿に、佳奈子が唖然(あぜん)としていると、莉緒の背後から「おや?」という声とともに黒縁眼鏡(くろぶちめがね)の男性が顔を出した。

「光浦(みつうら)氏、知り合いかな?」

こめかみを伝う汗をぬぐいながら問いかけた男性は、やはり莉緒と同じ服装をしていた。

「サークルの後輩なんですぅ」

「ほう、それは例の、有意義な活動をするサークルのことですかな?」

「そうですそうです」

「うらやましいですなぁ。自分の大学にもそんな素晴らしいサークルがあったなら、もう少し明るい学生時代を過ごせたであろうに」

すすけた顔で遠くを見つめる男性に、莉緒は「いまからだって遅くはないですよぉ」と声をかける。

「同志で集まって推し飯をいただけばいいんです！　さぞかし熱い推し語りになるでしょうねぇ」

「むむっ、それはいい考えだ」

眼鏡の位置を直しながら、男性はうなった。

「さっそく何人かに声をかけてみよう。では、光浦氏、気をつけて帰るんだよ」

すっと片手をあげてから、男性は去っていった。格好は独特だが、莉緒の帰路の心配をしてくれる、優しい人である。

「莉緒先輩は、さっきのアイドルのファンなんですか？」

手を振って男性を見送っていた莉緒は、佳奈子へと振り返るなり「うん、そうだよぉ」とうなずいた。

「もしかして……母方のご実家が、くだらないって言い放った？」

佳奈子がおそるおそる問いかけると、莉緒は「そう」とうなずいてから、頬(ほお)に手を添えて首を傾(かし)げた。

「私ねぇ、アイドルオタクなの。特定の誰かにはまるんじゃなくてぇ、アイドルっていう存在が大好きでね、いろんなグループを応援してるのぉ」

「……それって、ありなんですか？」

ひとつに絞らずにいろんなアイドルを応援するなんて、熱心なファンになにか言われそうな気がする。

「大丈夫だよぉ。熱心な人に近づかなきゃいいんだし。ちゃんとマナーを守っていれば問題なんて滅多におこらないよ。だって、大好きな人を応援したいって気持ちは、みんな一緒なんだからぁ」

大好きな人を応援したい気持ちはみんな一緒——確かに、その通りだ。当たり前のことのはずなのに、その言葉は佳奈子の胸に刺さった。

「……莉緒先輩。なんか、感動しちゃいました」

最初こそ奇抜に思えた彼らの服装も、応援したいという気持ちの表れなのだと思えば、ちょっと格好良く見えてくる気がする。

尊敬の眼差しで見つめれば、莉緒は「えへへ、ありがとう」とはにかんだ。

癒やし系の莉緒のはにかみ顔は、見ているこちらが幸せな気持ちになるかわいらしさだった。

「あっれぇ～？　莉緒とかなっちが一緒に来るなんて、珍しいじゃん。なにかあったの？」

　推し飯研究会の部室に揃って顔を出した佳奈子と莉緒を見て、美波が目を丸くした。部室にはすでに睦美と麻友も揃っており、彼女たちも意外そうな顔でこちらを見つめていた。

　佳奈子と莉緒はとっている講義が全く違うため、約束でもしない限り大学内で一緒に行動することはまずない。美波たちの戸惑いも当然だった。

「今日ね、イベントへ行っていたのだけど、そこで偶然会っちゃったのぉ」

「え、もしかして、かなっちもファンだったとか？」

「いえ、その、私は別の目的があって駅ビルの屋上にいたんです。そこでイベントが開催されていました」

　莉緒の趣味を当然把握している美波が、まさか佳奈子も同志なのかと、豊かなまつげに縁取られた目を瞬かせながら見つめてきた。が、佳奈子の話を聞いて、「あぁ、だよね」とひとつ息を吐いた。

　ちなみに、莉緒ははちまきやタオルをカバンに片付け、例のTシャツの上にパーカーを着込んでいる。いつものスカートスタイルではないものの、莉緒がどんなイベントに参加してきたのか格好からは判断できないため、事情を知らない麻友は困惑しきりだった。

麻友の様子に気づいていた莉緒が、「大丈夫、説明するからね」と笑顔を向ける。

「今日の推し語りは私にやらせてもらえるかしら？　イベント帰りだから、いろいろとアイテムが揃っているのぉ」

そう言って、莉緒はカバンから光る棒——ペンライトを取り出したのだった。


いつもの麦茶が全員に行き渡ったところで、莉緒が口火をきった。

「私ねぇ、アイドルオタクなの。今日も駅ビルの屋上で応援しているアイドルのイベントがあったから、参加してきたんだぁ」

そう言う莉緒はパーカーを脱いでTシャツ姿である。胸元と背中にでかでかとデザインされたグループ名を見れば、彼女がどのアイドルのイベントに参加してきたのか、一目瞭然だった。

小柄でぽやぽやとした柔らかい雰囲気を持つ莉緒が、アイドルオタクだなんて、実際にこの目で見ていても信じ難い。どこかのアイドルグループに所属しています、といわれた方がしっくりくる。

話を聞いている麻友も同じ気持ちなのだろう。ぽかんとした顔で莉緒を見つめていた。

「小さい頃からねぇ、かわいいものが大好きだったの。お姫様とか、お人形とか。私たちが小学生くらいの時に、オーディション番組でアイドルが何人もデビューしたでしょう。それがきっかけでアイドルを応援するようになって、いまに至るんだぁ」

「それってつまり……誰かひとりにはまるというより、アイドル全体にはまったという感じですか？」

さすが麻友。察しがいい。「そうだよぉ」とうなずく莉緒の隣で、佳奈子は思わず感心してしまった。

「アイドルの全部が全部好き、っていうわけじゃないけれど、いろんなアイドルを応援しているの。かわいい女の子がかわいらしい服を着て、夢に向かってひたむきに頑張っているんだもの。応援せずにはいられないわ」

ぎゅっと両手を握りしめて、莉緒は大仰(おおぎょう)にうなずいた。

アイドルグループに所属してステージに立つ。それだけですでに彼女たちの夢が叶っているように思えるのだが、実際はそう甘くないらしい。応援してくれるファンがいなければ、ステージから降ろされてしまうという。

「最近は昔ほど狭き門ではなくなったから、その分、簡単に消えていっちゃうのぉ」

だからこそ、いいなと思ったアイドルがいたら、その子を支えるためにも積極的にイベントへ行ってグッズを買ったりしているそうだ。

なるほど、それが応援か、と佳奈子は納得した。と同時に、麻友の推し語りのときに聞いた、いいと思ったものにはきちんとお金を落とさなければ、いつしか存続すら危うくなるという話に、やはりアイドル業界も繋(つな)がるんだな、とあらためて気づいた。

「経済って、こうやってまわっていくんですね」

経済というと大げさに感じてしまうけれど、結局のところお金をまわすということだから、ひとりひとりの小さな活動が、回り回って経済を動かしていくのだろう。

「まぁ、最近は、利益主義に走り過ぎじゃないかしらって思うところはあるのだけど……そのあたりを説明する前に、まずは私の推しについて、説明させてもらうわねぇ」

麦茶をひと口含んで喉(のど)を潤した莉緒は、足下に置いていたカバンを膝に載せ、中に手を突っ込んだ。

「さっきも言ったけれど、私は基本的に一点集中じゃなくて広く応援する、いわゆる、誰でも大好きタイプのオタクなんだぁ。だから、いろんなアイドルで推し語りしたりするのぉ。でも今回は、私が最も尊敬する、彼女こそがアイドルの中のアイドルだと思う人を紹介するね」

そう前置いて、莉緒がカバンから取り出したものを机に並べる。写真集とＤＶＤ、そして普通のクリアファイルだった。

「宮原くるみ？　あぁ、さっき言ってた、小学校のときに流行ったオーディション番組でデビューした子ですよね」

　麻友の言うとおり、宮原くるみはオーディション番組からデビューしたアイドルだ。あまりアイドルに詳しくない佳奈子でも、くるみんと呼ばれていたことを知っている。

「あの番組でデビューしたアイドルはほとんどがグループだったのに、くるみんはソロでデビューしたのぉ。しかもね、番組が終わっても生き残ったのは看板グループだったＳＳガールズと彼女だけなのよ。定期的にメンバーを入れ替えて話題性を保っていたＳＳガールズと違って、くるみんは自らのアイドル性だけで勝負してたのぉ。もう本当に、伝説なんだから！」

　莉緒の熱い語りを聞きながら、佳奈子は写真集を手に取る。麻友が隣に移動してきたので、ふたりで見やすいよう机において、表紙を開いた。

　十数年前の写真集だというのに、とてもきれいな状態を保っていた。写真集というものを持ったことがないのでわからないが、こんなにきれいに保てるものだろうか。そういうところからも莉緒の愛情が感じられて、佳奈子は決して汚すまいと慎重に扱った。

写真集には、オーシャンブルーの海辺で水着姿の宮原くるみがポーズを決めていたり、ホテルのベッドの上でホットパンツ姿で転がっていたり、はたまた、浴衣姿で線香花火をしていたり、様々な写真が掲載されていた。

プロのカメラマンが撮っただけあって、どの写真も素晴らしい。なんというか、写真によってはセクシーだったりしっとりしていたり、かわいいがはち切れんばかりに溢れていたりするのに、どの宮原くるみもアイドルらしいみずみずしさを失っていない。女性を前面に出すことなく、清潔感を保っているのだ。男性だけでなく、女性も見ていて気持ちのいい写真集だった。

写真集を堪能したところで、佳奈子はクリアファイルに手を伸ばした。なんの変哲もない、佳奈子でも持っている無地の表紙のクリアファイルには、雑誌の切り抜きやブロマイドが納めてあった。

「くるみのすごいところはね、かわいらしいルックスや歌唱力だけじゃなく、やりきるところにあるんだよぉ」

「やりきるところ?」と佳奈子が聞き返すと、莉緒は開いていたページの写真を指さした。

黄色のタンクトップにホットパンツでへそを出し、首から金色とピンクのファーをぶら下げた彼女が、片足をあげてちょっと間抜けにも見えるポーズを決めている。

「これはねぇ、歌詞に出てくる小文字のYをイメージしたポーズなの。くるみんの曲は八十年代のアイドルを意識したものが多くてねぇ、奇抜なダンスやかけ声があって、でもどれも完璧にやりきってたんだよ。で、曲に合わせた衣装も独特でねぇ、でも全部しっかり着こなしてたんだぁ」

別ページの写真には、細長い風船を全身に巻き付けたようなミニスカートの衣装に、頭の倍以上はある大きな帽子を被っていた。多種多様なアイドルで溢れる現在でも、こんな奇抜な衣装は誰も着ていないだろう。でも、マイク片手に踊るその姿は、ただただかわいかった。

「とりあえず、くるみんの素晴らしさはDVDを見てもらうのが一番わかりやすいと思うのぉ」

DVDを手に取った莉緒が、窓際の出窓に設置してあるテレビへ向かった。再生の準備を調えるなりいそいそと戻ってきて、なぜか両手にペンライトを複数本持った。

DVDは宮原くるみのライブDVDだったようで、誰もいないステージと、待ちきれないファンたちの手拍子が映し出された。

誰もいないステージを照らしていたライトが消えると、観客から歓声が上がる。少しの間を置いて、キャッチーなイントロとともにカラフルなライトが会場中を照らし始めた。

と同時に、テレビ前を陣取る莉緒がリズムに合わせて「おぃっ！　おぃっ！」と叫び、拳を突き上げる。

莉緒が刻むリズムに合わせて流れるイントロは徐々に盛り上がり、終わりが近いのか会場の空気がひときわ熱くなってきたところで、ステージにスポットライトが差し込み、ひとりの少女――宮原くるみが現れた。

『さあっ、いくよ〜！』

イントロが途切れた瞬間、宮原くるみ――くるみんが片手を高く掲げて声をかけると、莉緒も彼女と同じようにサイリウムを持つ手を高く掲げ、叫んだ。

「ちゅ〜るちゅ〜るちゅっちゅっく〜るみん！」

莉緒だけではなく、画面の中のくるみんや観客たち、そして一緒に机を囲う美波や睦美たちまで同じように声をあげ、その瞬間、会場に花火が上がった。

曲と演出、そして観客のかけ声が見事にはまったその瞬間、過去の映像を見ているだけのはずなのに、佳奈子は、まるで自分がそこに立っているかのような錯覚を覚えた。

先ほどのかけ声が歌い出しだったようで、くるみんが歌い始めた。それに合わせ、莉緒もペンライトを激しく振って踊り始める。要所要所で「くるみん」と合いの手を入れ、ときには歌詞をもじって「くるみんが好き」と叫んでいた。

普段の彼女からは想像もつかない太い声と激しい動きに、佳奈子も麻友も驚きを隠せない。

なにがすごいって、画面の中にいる観客たちもみんな莉緒と同じ合いの手と振りを行っていることだ。ファンの間であらかじめ取り決めでもされているのだろうか。一体感がすごい。

すぐ目の前で繰り広げられる、莉緒の熱心な応援についつい目を奪われがちだが、今回の主役は莉緒ではなく宮原くるみだ。本来の目的を思い出した佳奈子は、改めて画面の中のくるみんを見た。

くるみんはこの日もフリルのついたホットパンツをはき、彼女の動きに合わせてタンクトップのラメが輝いていた。ポニーテールにした頭にはたくさんの花で飾り立てた帽子を被っている。

韓流アイドルのような本格的なダンスではなく、誰でも真似（まね）できるようなかわいらしく、それでいて少し滑稽（こっけい）な振り付けで、二番のサビの頃には佳奈子も振りを真似してしまった。

踊っていることを感じさせないしっかりとした歌声は、ただメロディをなぞるだけでなく、歌詞に合わせて歌い方を変えていて、ファニーでキュートな楽曲を完全に自分のものにしていた。

曲の終盤にさしかかったころだ。画面の中のくるみんが『みんな、いくよ〜』と声をかけて片手をあげると、莉緒も同じように片手をあげた。

「く〜るくるくるく・る・みん！」

くるみんと観客、そしてこの場にいる莉緒、美波、睦美の三人が同じ振り付けを踊りながら、声を合わせた。

会場中が一体感に包まれ、くるみんが幸せそうに笑い、最後のサビを歌い上げる。それを、観客と莉緒が声援と踊りで支えていた。

その光景から、佳奈子はただただ、愛を感じた。好きな人を支えたいというファンたちの愛。そして、自分を応援してくれるファンたちに応えようとする、くるみんの愛。

佳奈子にとってアイドル業界というのは、マニアックすぎて自分にはとうてい理解できない世界で、もっとこう、ビジネスライクに幻想を売る世界だと思っていた。ファンたちが望む理想の女の子という幻想を振りまき、対価としてＣＤやライブチケットを買ってもらうというビジネス。

けれど、画面の中の世界は想像とは全く違う。

くるみんが理想を演じているわけでもなく、またファンが一方的に愛という名の金を捧げるわけでもない。

くるみんはくるみんのまま、下手をすればネタ扱いされてしまいそうなこってこてのアイドルソングを完璧に歌って踊り、真っ正面から楽曲と向き合う彼女のひたむきさをファンたちが愛し、応援していた。そしてその愛を受け取ったくるみんが、それに応えようとライブパフォーマンスに磨きをかけるのだ。

いま現在、画面内で繰り広げられるのは、くるみんとファンの愛の交換会。ファンの愛を受け止めたくるみんが歌に愛をこめ、くるみんが返してくれた愛に気づいたファンたちは、さらなる愛をこめて声援を贈る。

こんなに優しい世界があったのかと、佳奈子の胸が一杯になった。この優しい世界の住人に、佳奈子も加わってみたい。みんなの愛を受け止めて輝くくるみんを、佳奈子も全力で応援してみたい。

いつの間にか佳奈子は、莉緒たちと一緒に手拍子や合いの手を入れていた。

ライブ最初のメドレーが終わったところで、莉緒はＤＶＤの再生を止めた。

「はぁ～、踊った、踊った。やっぱりくるみんのライブは神がかってるわぁ。一度でいいから、生のライブに参加してみたかった……」

「……そういえば、くるみんって、最近見ませんよね？」

一時はテレビで見ない日はないところまで上り詰めていたくるみんだが、ご当地アイドルが流行りだしたあたりから徐々に見なくなった気がする。

もしや引退した？　浮かんだ考えを、佳奈子はすぐさま否定した。

あれほど強い絆でファンと結ばれているくるみんだ。たとえアイドルという職業に期間限定の傾向があろうとも、そうそう消えることはないだろう。

佳奈子がアイドルに詳しくないから知らないだけで、もしかしたら、活躍の場をテレビ以外に移したのかもしれない。くるみんの実力であれば、ミュージカルだってなんだってこなせてしまうだろう。

そんな希望的観測をしている佳奈子に、莉緒は「それがねぇ……」と申し訳なさそうに告げた。

「くるみん、もう六年も前に引退しちゃったのぉ」

「えええええぇぇぇっ!?」と頭を抱える佳奈子の隣で、麻友が「あー、やっぱり……」と肩を落とした。

「ちなみに、どうして引退したんですか？」

愕然としたまま動かない佳奈子と違い、麻友は冷静に問いかけた。

「幼なじみの男性との結婚を機に引退したのぉ。いまでは二児の母なんですって」

「……それ、ファンが荒れませんでしたか？」

　佳奈子の勝手なイメージだが、アイドルファンは応援するアイドルに対して清廉(せいれん)さを求める傾向があるように思う。疑似恋人、といったほうがしっくりくるだろうか。男性女性関係なく、異性の影がちらつくのを嫌がるのだ。

「かなちゃんの疑問は尤(もっと)もだと思う。最近のアイドルが恋愛禁止なのは有名な話だものね。でもねぇ、くるみんの結婚に対して、ファンたちは裏切られたなんて騒がなかったのよ。むしろ、祝福したくらいなんだからぁ」

　祝福――一番遠い言葉だ。呪っていたといわれた方が納得できる。

　顔を見ただけで、佳奈子の考えがわかったのだろう。莉緒は「本当なんだってぇ」と片手を振った。

「そこがね、本題なの。くるみんが伝説のアイドルと呼ばれる所以(ゆえん)。アイドルオタクである私が、何度でも語りたくなる逸話よ」

　人差し指を頬に寄せ、パチンとウインクした。そんな仕草が似合ってしまうあたり、莉緒にもアイドルの素質が十分あるんじゃないかな、と佳奈子は思った。

ＤＶＤを思いの外満喫してしまったがために、飲み干してしまった麦茶を注ぎ直してから、莉緒は語り出した。

「くるみんがいかにアイドルとして完成されていたか——は、さっきのＤＶＤで十分伝わったと思っていいかしら？」

佳奈子と麻友は大きくうなずいた。くるみんの楽曲を聴いたことがあるな、という程度の認知だったふたりが、いまでは引退を惜しんでいるのだ。くるみんのライブパフォーマンスがいかに素晴らしかったのかを雄弁に物語っていた。

「そうなの。くるみんって、本当にすごい子だったの。でもね、くるみんの素晴らしさは、アイドル性だけじゃないの。彼女の人間性も素晴らしいの」

「人間性、ですか？」

「そう。いまでこそアイドルは会いに行けるくらい身近な女の子だけど、くるみんの時代って、そう簡単に会えなかったのよねぇ。チケット争奪戦に勝ってコンサートに行ったり、ファンクラブに入って特典をもらったり。私たちから動くんじゃなくて、くるみん側が機会を設けてくれないと近づくチャンスがなかったのぉ。わかるかなぁ？」

「劇場で定期公演やっているわけじゃないってことですよね。あと、握手会とか」

麻友の答えを聞いた莉緒は「そうなの！」と身を乗り出した。

「いまのアイドルってね、本当にすぐに会いに行けるのよぉ。写真だって撮ってもらえるし、メールのやり取りだってできたりするのぉ！」

握手会や写真は聞いたことがあるが、メールは知らなかった。ファンひとりひとりとメールのやり取りをしなければならないとは、最近のアイドルはなんて大変なんだろう。

「アイドルが身近になったことはいいことだと思うの。目に見えて活躍の場が増えるから応援しがいがあるし、ひとりひとりの個性が分かるしね。でも、いいことばかりではないの。メールのやり取りで勘違いしたファンがストーカーになったりするし、握手券や推しメンの生ブロマイドを手に入れるために同じCDを大量買いして処分に困ったりとかね」

「リサイクル業者がひきとってくれないから、山に投棄したっていう話ありましたよね」

確かあれは、CD一枚につき二枚のブロマイドが入っていて、所属メンバーが二十人を越えるというのにひとりにつき四種類のブロマイドがあったから、推しメンのブロマイドを全部集めるべく段ボール二箱分買い込み、その後CDの処分に困って捨てた、という話だった。

「かなちゃんったら、よく知っているわねぇ」

「ワイドショーで特集を組まれていたのを見たんです。おまけのはずのブロマイドを集めるためにCDを大量買いして捨てるって、本末転倒な気がして……印象に残っていたんですよね」

「同じアイドルオタクとして、その人の気持ちは分からないでもないのだけど。本当、本末転倒ってその通りだと思うわぁ」

そのアイドルだって、頑張って制作したCDを捨てられたと聞いて哀しくなるんじゃなかろうか。

「ちなみに、莉緒先輩はそういうときCDをどうするんですか？」

「私は自由に使えるお金が限られているから、観賞用と保管用の二枚しか買わないのぉ。ブロマイドは他のファンの方たちと交換交渉したりしてるかな。知り合いの人に箱買いをしている人がいるけれど、その人は周りに配っているんですってぇ」

ＣＤを無駄にせず、かつ布教にも繋がる。ファンの鑑だな、と佳奈子は思った。

「まぁでも、責任の所在は、ＣＤにブロマイドをつけた運営側にもあると思うの。メンバー二十数人分のブロマイドをひとり四種類も用意しておいて、ＣＤ一枚につき二枚しかもらえないのよ？　複数枚買うのは確定よねぇ」

運営側も商売としてやっているのだから、すべてが悪いというわけではない。ただ、最近は利益主義に走りすぎているという。

「利益主義って、さっきも言ってましたよね？」

「そうなの。最近のアイドルは簡単に会いに行けるけど、そのためにはとにかく細かくお金を払わなくちゃいけないの！　まぁ向こうも商売だし、やめろとは思わないけれど、中には有り金全部つぎ込んじゃう人もいるのよ……」

いままで遠くから眺めるしかなかったアイドルと、お金さえ払えば近づけるようになり、たがが外れてしまったのだろう。運営側も徐々にエスカレートしていき、一時は疑似恋人気分が味わえるような企画ばかり打ち出していた。

「あの頃はみんなギラギラしてて怖かったのよぉ」

「いまはましになったんですか？」

佳奈子が問いかけると、莉緒は「いろいろあったからぁ……浮かれていたのが正気に戻ったという感じかしら」と眉を下げて笑った。

「いろいろって、ファンがストーカーになったことですか？」

「それもあるんだけどねぇ。それだけじゃなくて……刃傷沙汰に発展しちゃったのよ」

「刃傷沙汰!?」

「そういや、そんな話を聞いたような……でも、あれってファンが思い余ってとかじゃなくて、社会の不満をアイドルに理不尽にぶつけたとかそんな話でしたよね？」

驚きのあまり声を上げる佳奈子の隣で、麻友は腕を組んで記憶をさらっていた。机を挟んで向かいに座る莉緒は、「違う違う。それとはまた別の事件でねぇ、そもそも襲われたのはアイドルじゃないのぉ」とため息交じりに頭を振った。

「とあるファンの人がね、家庭を顧みずに推しメンを追いかけ続けた結果、娘さんに刺されたの」

「ひぃっ！」と、声にならない悲鳴をあげて、佳奈子と麻友は身を寄せあった。

娘に刺されるって、いったいどれだけのことをすればそんな事態になるのか。

「私も詳しいことは知らないのだけど、生活費をつぎこんでCDやグッズ、雑誌を大量に買い込んだらしいの。しかもそれをきちんと処分するでもなくため込んだものだから、家の中が足の踏み場もないような状態になったみたいで。家族が何度止めてもやめようとしない父親に耐えきれなくなった娘さんが、握手会へ行こうとする背中に包丁を刺してしまったの」

想像していたよりも壮絶な話に、佳奈子も麻友も言葉を失った。

CDやグッズで家があふれかえるとは、どれだけ買い込んだのか。一度や二度大量買いしたくらいではそんなことにはならないだろう。数年にわたって生活費を浪費しつづけたことになる。

佳奈子はゾッと寒気を覚えて、両腕をさすった。

「この事件はアイドル業界に大きな衝撃を与えてね、運営側の行きすぎた利益主義にも問題があるって批判されたの」

　当時はご当地アイドルや地下アイドルがメディアにばんばん取り上げられ、上り調子の頃だった。しかしこの事件をきっかけに、身近なアイドルというコンセプトそのものに批判が集まり、このままではアイドル業界全体が批判の的になりかねないところまで広がったという。

「そんな危機的状況を変えたのが、くるみんなのよ」

「くるみん、この事件に関係あったんですか？」

　麻友の問いに、莉緒は「もちろん無関係よ」と首を振った。

「くるみんはこの当時、すでにアイドル全盛期を過ぎていたというか、相変わらず人気は高かったんだけど、アイドルから脱却しつつある時期っていうのかなぁ？　そんな時期だったから、マスコミが先駆者として今回の事件をどう思うか、とか聞いたりしたの」

　くるみんはそれらの質問に、「それぞれの事務所や運営がいろいろと考えてやってきたことに、ただのいちタレントである自分がとやかく言うことではない」と答えていたという。

「でもねぇ、事件から一週間くらいたったころに、くるみんのバレンタインコンサートがあったの。バレンタインっていっても、当日じゃなくて直前の日曜日に行われたのだけどね」

その年のバレンタインは月曜日だったそうで、前日の日曜日にバレンタインコンサートは開催され、チケットが抽選になるほど大盛況だった。

会場から溢れかえらんほどに集まったファンへ向けて、くるみんは常に変わらぬ完璧なパフォーマンスを見せた。そして、最後の一曲を残すのみとなったとき、彼女は「大切な話がある」と切り出したという。

『私はみんなの愛に支えられて、今日までアイドルを続けてこられました。その想いに応えるため、私がみんなにできることは、最高のパフォーマンスを全力で届けることだけです。

どれだけ私とあなたの距離が近くなろうとも、すべてをなげうって愛を叫んでくれようとも、アイドルである私にはあなたの人生を背負うことはできません。

だからどうか、もっと自分を大切にしてください。私だけを見つめるのではなく、きちんと自分の周りに目を向けて、本当にあなたを大切に思ってくれている人に気づいてあげてください。

あなたになにかあったとき、手をさしのべることができるのは私ではなく、あなたの傍にいる人です。

次の曲が最後です。この一曲にありったけの感謝を込めます。今日のコンサートで心の元気を充電できたなら、そのエネルギーはどうか、あなたの周りの人に向けてください。

家族でも恋人でも、友達でもいい。あなたのことを本当に想ってくれている人と言葉を交わしてください。

たくさん愛を注いでくれてありがとう。今度はあなたが幸せになってください』

くるみんの言葉は、極端な利益主義に走りかけていた当時のアイドル業界を、真っ向から否定するものだった。

しかし、くるみんは真実を語っていた。どれだけアイドルに熱を上げたところで、そのアイドルが本当の意味で応えてくれることは絶対にないのだから。

くるみんの真摯(しんし)な言葉は観客たちの心に届き、その日のうちに彼女のメッセージはSNSを駆け巡った。

「でもね、話はここで終わらないの。翌日の朝――つまりはバレンタインデー当日、くるみんは『皆さんに愛と感謝を込めて』という言葉とともにクッキーの写真を投稿したの」

「クッキー？　チョコじゃないんですか？」

バレンタインといえば、チョコレートだ。好きな人に渡すだけでなく、友達同士で交換する友チョコなんかもあるというのに、どうしてクッキーなのか。

首を傾げる佳奈子を見て、麻友が「え？　佳奈子ってば知らないの？」と目を丸くした。

「バレンタインにクッキーを贈るのは、『友達でいましょう』って意味じゃん！」

「え、そうなの？　バレンタインデーって、チョコ以外にも贈るの？　私、チョコしか交換したことない」

つまりは友チョコしか経験がない、ということなのだが。きちんと意味を理解している麻友は、ため息とともに頭を振った。

「佳奈子って、ときどきずれてるよね。小学生ぐらいの時にそういう話題にならなかった？　チョコは本命、クッキーは友達、マシュマロは嫌いとかさ」

麻友がぱぱっとスマホで検索し、佳奈子に差しだした。たしかに、お菓子の種類ごとに意味があると書いてある。

「だったらなおさら不思議なんですけど、どうしてクッキーなんですか？」

チョコレートを贈った方が、ファンは喜ぶように思うのだが。

「そこがね、くるみんの誠実なところなの。アイドルは疑似恋人という風潮が強かった中、バレンタインにクッキーを贈った。つまりは『私はあなたの恋人ではありません』というメッセージなの。黙って夢を見せておけばお金が入ってくるっていうのに、わざわざ敵を作る覚悟で現実を突きつけた。くるみんが本当にファンを大切に思ってくれているからこその厳しさなんだと思う」

一歩間違えれば叩かれそうな行動であったが、前日のコンサートでの言葉もあり、当時のアイドルを取り巻く環境と、冷静さを失ってのめりこみすぎていたファンたちへの警鐘として、世間に広まったという。

真摯な言葉は人の心に届くということなのか、それ以来、世間のアイドルに対するバッシングはとまったという。運営側もほどよい距離を保った交流会を心がけるようになり、ファンも自分自身が浮かれすぎていたと自覚したのか、節度を守った応援こそがファンの鑑（かがみ）だと言われるようになった。

「一時は勘違いをこじらせたようなファンが増えてねぇ、同じ女性として、なんだか消費されているみたいで嫌な気分になることがたびたびあったのだけど、いまはもうそんなことはないのぉ。本当、くるみんのおかげよねぇ」

今回の騒動でさらなる知名度を誇ったくるみんは、しかし一年後、突然の引退宣言をする。

「幼なじみの一般男性との結婚を電撃発表したの。ファンはもちろんびっくりしたけれど、くるみんは自分たちファンの本当の意味での幸せを祈ってくれたから、自分たちも彼女の幸せを祝福するべきだってなってね。本当に、それこそ親戚の女の子が結婚したみたいにみんな大喜びで祝福したんだよぉ」

くるみんが発信するSNSには数え切れないほどの祝福のメッセージが届き、くるみんのウェディング姿を描いたファンアートや披露宴の余興さながらのお祝い動画がたくさん投稿された。

そしてその波は、いつしかくるみんへの感謝の言葉に変わっていった。

ありがとう、くるみん。

たくさんの元気をありがとう。

くるみんのおかげで勇気をもらいました。

くるみんが幸せを願ってくれたから、自分たちはちゃんと前を向いて進んでいけます。

だから、今度はくるみんが幸せになって。

「くるみんのラストライブではね、アンコールも終わって退場するくるみんに向けて、観客がくるみんの歌を合唱したんだよ」

ペンライトをゆっくり左右に振りながら歌われたのは、『ハッピーラブリーウェディング』という、結婚式当日を描いた歌だった。運営側も知らない、ファンたちによる完全なるサプライズを目の当たりにしたくるみんは、泣き笑いしながら「ありがとう」と何度も応えたという。

「バレンタインデーのライブと一緒に、くるみんの伝説のライブって言われているんだぁ」

引退してから数年後、くるみんは子供を産んで母親となった。公式発表はなかったものの、ネットの芸能ニュースに記事が載った。

「くるみんがママになったとき、ファンたちの喜びと祝福の投稿でＳＮＳが湧いたのよ。もちろん、ふたりめを出産したときもね」

六年の時がたったいまでも、くるみんの写真集やＤＶＤの人気は高く、滅多に中古が出回らないそうだ。廃盤にはなっていないので、プレミアはついていないが、もしも廃盤となったとき、どれだけの値がつくのか。

「すごいよねぇ。引退しても、結婚しても、母親になっても、くるみんはファンに愛されてる。だからこそくるみんは、伝説のアイドルって言われているの。私にとっても、くるみんは永遠の推しだわぁ」

ほんのりと赤くなった頬を両手で包み、うっとりとした眼差しを宙に向けながら、莉緒は推し語りを締めくくった。

佳奈子は改めて机の上の写真集を見る。表紙に写るくるみんの笑顔が、さっきよりも輝いて見えた。

「それじゃあ、今日の推し飯を教えてくれるかい？」

「それはもちろん、クッキーでぇす」

　睦美の問いに、莉緒が即答した。

　なぜクッキーなのか、説明してもらうまでもない。彼女の人柄を表すのに、これ以上ぴったりなものはないだろう。

「よし、それじゃあさっそく取りかかろうか。美波はレシピ本を持ってきて。私と莉緒は材料を持ってこよう。かなっちとまゆゆは、机下の棚（たな）からボウルを大小ひとつずつとはかりを出してもらえるかな」

　睦美の指示に従って、それぞれが動き出した。佳奈子と麻友は足下の棚を開き、大きさの違うボウルふたつとはかりを取り出した。

　これまでの調理では、結構アバウトに作っていたのに、今回はきちんとはかりを使うらしい。どうしてだろうと不思議に思っている間に、目的のものを持って睦美たちが戻ってきた。

　テーブルに並べられたのは、バター、たまご、砂糖と小麦粉と牛乳、そしてなにやら海外の酒と思われる茶色い瓶（びん）だった。

「えっと～、クッキークッキーっと……あった～」

　美波が目的のページを見つけ、テーブルに広げた。ページ半分を使ってでかでかとクッキーの写真が載っていた。

「あの、今回は本を見ながら作るんですか？」

　どうやら、分量から手順まで、なにからなにまでレシピ通りにするつもりらしい。いつもと全く違う段取りを前に戸惑う佳奈子へ、美波は「そうだよ～」とあっけらかんと答えた。

「料理と違って、お菓子は頻繁には作らないから、手順を忘れちゃうんだよね。あと、料理よりも誤魔化しがきかないっていうか、分量を間違えるとまったく別のものができあがったりするの」

　お菓子どころか手料理すらまともにしてこなかった佳奈子には、「そうなんですか」とうなずくしかできなかった。

「かなっちのお母さんは、お菓子は作ったりしなかったの？」

「そうですね。我が家ではお菓子は買うものでした」

　バレンタインの友チョコを友達が作ってきたのを見て、お菓子は手作りできるんだと知った。知ってもなお、市販品を用意するのは変わらなかったけれど。

「まゆゆは？　お菓子作ったことある？」

美波に話を振られた麻友は、「もちろんありま～す」と親指を立てた。

「友チョコと友クッキーは手作りが基本ですよね！」

「市販品もシーズン限定のものだったりして嬉しいんだけど～。やっぱり手作りして女子力アピールとかしたくなるよね～」

美波と麻友は「ね～」と声を揃えた。

「はいはい、わかったから。じゃあ、材料を量るのはかなっちに任せようかな。かなっち、こっちに来てまずはバターを量ってくれる？」

指示に従って睦美の隣に立った佳奈子は、レシピ本に書かれた分量を確認する。

「あ、そうだ。レシピのとおりだとたまごが半分残っちゃうから、すべての材料を二倍にしてくれるかな」

睦美の言うとおり、レシピ本にはたまごは半量と書いてあった。これをすべて使うには、他の材料も倍にしてしまえばいい、ということか。

睦美たちらしい柔軟な考えに感心しながら、佳奈子はバターを量った。

「はい、じゃあ、バターが白っぽくなるまで混ぜてね。疲れたら交代するから」

差しだされるまま泡立て器を受け取ったものの、バターが固くて混ぜられそうにない。

悪戦苦闘しつつ、先輩三人からアドバイスをもらいながらなんとかかき混ぜ、ある程度柔らかくなったところで麻友と交代した。

なんでも、バターをどれだけ混ぜるかでクッキーのさくさく度が変わってくるという。ちなみに、バターの香りを強調させたい場合は反対に混ぜすぎないのがコツなんだそうだ。なんと奥が深いのだろう。

レシピ本によると、次は砂糖を入れるらしい。砂糖を量るため、小さいボウルをはかりに載せた佳奈子がレシピ本で分量を確認していると、隣の美波が「あ、そうだ」と手を叩く。

「砂糖はね、レシピのとおりにすると甘すぎになっちゃうから、三分の二くらいの量にしてもらえるかな」

「え、それって平気なんですか？」

レシピ通りにしないと、全く違うものができあがると言っていたではないか。困惑していると、バターを混ぜていた莉緒が「平気平気ぃ」と朗らかに笑った。

「砂糖を減らしたぶん、小麦粉の量を増やすから大丈夫よぉ。ちょっとややこしいけれど、三分の二の量を二倍、量ってね」

レシピ本を持ってきた意味は、と思わなくもないが、素人が作るものなのだから細かいことなんか気にしなくていいか、と思い直した。

　思っていたことが顔に出ていたのか、睦美が「そうそう」とうなずく。

「自分の好みに味を調整できる。それが手作りの醍醐味さ。失敗したときは笑い話にすればいいんだよ」

「失敗を、笑い話に……」

　佳奈子が咀嚼するようにつぶやいていると、今度は美波が「そうだよ～」と声をあげる。

「自分たちで責任持って食べれば、誰にも迷惑をかけないんだから。問題な～し！」

　アイドル顔負けの見事なウインクとともに言い切った。あまりに思い切りよく言い切るので、むしろ男らしさを感じてしまった。

　どうしてだろう。いままで佳奈子は、料理は失敗してはいけないものだと思っていた。人間誰しも失敗するものだし、ましてや慣れないことなら失敗して当たり前なのに。

　おいしくないものができたって、誰かに贈るわけではないのだから、おいしくないね、なんて言いながら笑い合えばいいのだ。そしてなにがいけなかったのか反省して、また挑戦すればいい。

　すくなくとも、ここにいる先輩三人は、そうやって試行錯誤をくり返した末に独自のクッキーレシピを編み出したのだろう。

砂糖を投入したボウルを受け取った佳奈子は、ざくざくと重い音をたてつつ混ぜながら、いいなぁ、と思った。

自分も母親とそんな時間を過ごしたかった。失敗を怒るような人もいなかったのだから、それを恐れる必要もなかった。

誰にも教わらなかったのなら、できなくたって仕方がない——そう、堂々と言い切って、笑い飛ばせばよかったのだ。

悔(くや)しさがこみ上げて、唇を噛(か)んだ佳奈子はかき混ぜる手を早めた。後悔(こうかい)は全部、生地を混ぜる力に変えて。今度実家に帰ったら言えばいい。一緒にご飯を作ろうと。

かき混ぜる手が佳奈子から麻友へ移り変わり、自由になった佳奈子はレシピ本に目を通す。次は溶きたまごを少量ずつ入れるらしい。溶きたまごとは、と疑問が浮かんだものの、レシピ横の資料写真を見るに、黄身と白身が混ざるまでかき混ぜたものをさすようだ。

必要になる前にかき混ぜておこう、と机の上のたまごに手を伸ばそうとしたら、先に美波がたまごを手につかんだ。手の中のたまごをこんこんと机の角に当てたと思うと、そのまま、麻友がかき混ぜるボウルの中に割り入れてしまった。

予期せぬ事態に佳奈子があ然と見つめていると、麻友が手を止めずに「そのまま入れちゃうんですね」とつぶやき、美波が「誰かにプレゼントするわけでもないし、どうせ混ぜたら一緒なんだし、いいじゃん」と悪びれもせずに答えていた。

　それでいいの⁉　このレシピ本の意味は⁉　と心中で叫ぶ佳奈子の前で、麻友が「それもそうですね」とあっさり同意していた。

「たまごも混ざったところで、次はバニラエッセンスを入れるのだけど、今日はこれを入れちゃいまぁす」

　そう言って、莉緒は赤茶色の瓶を手に取った。

「これね、オレンジリキュールなのぉ」

「以前、バニラエッセンスを切らしたことがあってね。代替品としてこれを使ってみたところ、爽やかな味で気に入ったんだ。それからはずっとこれを使ってる」

「……このレシピ本って、いります？」

　とうとうこらえきれずこぼれてしまった疑問に、美波たちは嫌な顔ひとつせずふきだした。

「かなっちの言うとおりだよね。何度も作っているうちにこうなっちゃったんだ〜」

「あくまでこの本のレシピをアレンジしているだけだから、分量がすべて頭に入っているわけじゃないんだ」

「あと、オーブンの温度や焼き時間なんかは、レシピどおりよぉ」

瓶のふたを開け、莉緒はボウルにリキュールを投入する。香り付けに振りかけるだけと思っていたのに、どばどばと豪快にぶっかけていた。オレンジの香りが部室中に充満して、むせてしまいそうだ。

「いくらなんでも、多すぎませんか？」と心配する佳奈子へ、莉緒は「平気よぉ。焼いたらアルコールは飛んじゃうし、匂いも控えめになるんだからぁ」と、おっとり笑うだけだった。

立ち上ってくるアルコール成分にせき込みそうになりながらも、佳奈子たちは泡立て器でかき混ぜ続けた。リキュールが馴染んだところで小麦粉を投入したのだが、レシピ通り数回に分けて投入していたのを見て、そこは従うんだなと思ってしまった。

ゴムベラで切るようにサクサクと混ぜる。粉っぽさがなくなったら生地をラップに包み、細長い棒状に成形した。

「このまま冷凍庫で一時間くらい冷やしまぁす。その間に、さっきのＤＶＤの続きを見ちゃいましょう」

莉緒の提案を、佳奈子も麻友も快諾した。推し語りを聞いたいま、さっきと違う気持ちでライブ映像を楽しめることだろう。

キッチンタイマーの電子音で、佳奈子たちは一時間が経過したことに気づいた。すぐさま睦美が冷蔵庫へ向かい、佳奈子と麻友は莉緒から借りたペンライトを返してから、その後に続いた。

「うわぁ……結構かちこちになるんですね」

冷凍庫から出てきた生地を見て、佳奈子がぽろりとこぼす。冷凍庫に入れる前は、柔らかめの粘土といったさわり心地だったというのに、いまでは釘は打てないまでも、昏倒くらいはさせられそうな堅さだった。

「これをいまから、五ミリ幅くらいで切っていくんだ」

睦美は包んでいたラップをはがし、まな板の上に載せた。

「かなっちに切ってもらおうかと思ったけど、オーブンレンジの使い方を覚えるいい機会だし、予熱の設定をお願いしようかな。美波、頼んだ。あとまゆゆ、生地を切ってくれるかい？」

美波は「あいよ〜、任された〜」と元気よく挙手をしてから、「かなっち、おいで〜」と言ってレンジの前へと移動した。佳奈子もその後を追いかける。

部室の出窓に設置してあるオーブンは、いわゆるオーブンレンジと呼ばれるもので、ひとり暮らしの佳奈子の家に置いてあるような温めとトースト機能のみの簡単なものではなく、根菜茹で調理からハンバーグ、はたまたぬる燗までお任せできる高性能品だった。

美波に指示されるまま、佳奈子は液晶をタップしてオーブン予熱ありを選ぶ。タッチパネルで操作だなんて、この春購入したばかりの家のレンジが時代遅れに感じた。

百八十度に予熱設定出来たら、今度は角皿の準備だ。滅多に使わないためにほこりを被ってしまっていた角皿を水洗いし、布巾で水滴を拭き取る。そのあと、角皿のサイズに合わせてカットしたクッキングシートを載せれば準備完了だ。

角皿を持って麻友のもとへ向かうと、すでに切り終わっていた。細長い棒状の生地をスライスするというやり方は、型抜きの手間が省けるらしい。型抜きもやってみたかったなと思っていると、莉緒が「次は型抜きにしましょうねぇ」と微笑んだ。

なにも言っていないのに、そんなにわかりやすい顔をしていたのだろうか。思わず頰をぺたぺたと触ってしまった。

薄く切った生地を角皿に並べていくと、さすがと言うべきかちょうど角皿二枚分になった。

余熱が完了したオーブンに角皿をセットし、焼き時間は十五分に設定する。片付けをしている間に過ぎそうだった。

甘く香ばしい香りが部室に充満したころ、オーブンが焼き上がりを告げた。いまかいまかと待ちわびていた佳奈子は、はやる気持ちを抑えながら睦美たちの後に続いてオーブンへと移動した。

「かなっち、オーブンの扉を開けてくれるかな？　熱い空気が飛び出してくるから、顔を近づけたりしてはいけないよ」

オーブンの熱気は、扉を閉じた状態でも伝わってきていたので、佳奈子は素直にうなずいた。取っ手に手をかけ、開けた瞬間に出てくるだろう熱気を被らないように、身をのけぞらしながらオーブンを開ける。

庫内から蒸気が抜け出たかと思えば、甘い香りが佳奈子を包んだ。それだけで、口の中によだれが溢(あふ)れてくる。

受け取ったミトンを両手にはめて、角皿を一枚引き出した。等間隔に並べたクッキーはその色をわずかに濃くして、縁は香ばしそうな薄い焦げ茶色をしていた。

角皿からクッキングシートごとクッキーを取り出し、大きな平皿に移す。つやつやした手触りのクッキングシートの上を、焼き上がったクッキーはするりと滑って大皿の上に転がった。

山盛りのクッキーが載った大皿をテーブルに置いたところで、佳奈子たちは食べる準備に取りかかった。

クッキーを取り分けるための小皿と、一緒にコーヒーをいただくためのカップとソーサーを人数分用意する。コーヒーフレッシュと砂糖を大皿の近くに置いたところで、睦美がコーヒーを淹(い)れ終わった。

コーヒーを注いだカップが全員に行き渡ったのを確認してから、佳奈子たちは両手を合わせた。

「それでは、いただきます」

睦美の声に続いて、佳奈子たちも「いただきます」と声を揃(そろ)える。

待ってましたとばかりにクッキーを数枚取り皿に載せ、さっそく一枚口に放り込んだ。噛(か)んだとたん、口の中のクッキーがほろほろと砕け、バターの香りが口いっぱいに広がった。一拍遅れて優しい甘みが舌から脳へと染み渡り、ほうっとため息がこぼれてしまう。

軽い噛み心地と優しい甘さにいざなわれるまま、ひとつ、ふたつと噛みしめたところで、ふと気づいた。バターの香りの後に、ほのかなオレンジの香りがふっと浮かんでくる。オレンジリキュールの香りだ。

バニラエッセンスの代わりにいれたオレンジリキュールは、むせかえるほど大量に投入したにもかかわらず、酒臭(さけくさ)さなどみじんも感じなかった。バターの香りを、柑橘(かんきつ)系の香りがささやかに、それでいて爽やかに拭(ぬぐ)い去っていく。

交代で混ぜた甲斐(かい)あってサクッと軽い口当たりのクッキーは、濃厚なバターの香りをすっと爽やかに拭(ぬぐ)い去るオレンジの香りと、あえて控えた甘さと相まって、ぽんぽんと口に放り込んでしまう。

嚥下(えんか)した次の瞬間には優しい味わいが恋しくなり、大皿へと手を伸ばさずにはいられない。なんと危険な食べ物か。

隣に腰掛ける麻友も、「やばい、止まんない」と言いながらクッキーを食べ続けていた。食べ慣れているはずの美波たちも同じようで、この場にいる全員が、しばし無言でクッキーを頬張り、サクサクという軽やかな音だけが聞こえた。

そこそこの枚数を食べたところで、ようやく佳奈子はコーヒーに手を伸ばした。睦美が淹れたコーヒーは今日も優しい味わいで、豊かな香りとほどよい苦みがクッキーの甘みをリセットしてくれた。

改めてクッキーを口に放り込んだ佳奈子は、相変わらず二枚、三枚とテンポよく味わいながら、止まらないおいしさのクッキーを作るきっかけとなったくるみに思いを馳(は)せた。

類希なるルックスと歌唱力を持ちながら、それにあぐらをかくことなくパフォーマンスに磨きをかけていったくるみん。

ファンに支えられてこそのアイドルだときちんと理解していた彼女は、常にファンへの感謝を口にし、全力のパフォーマンスで応えていた。アイドルという仕事と真摯に向き合い、努力しつづけたように。くるみんは、ファンに対しても真正面からぶつかった。ファンが思い描く理想を体現し、ライブではひとときの夢を観客に魅せた。それでいて、夢の世界に逃避しようとするファンには警鐘を鳴らした。

事件を知ったとき、くるみんはどれだけ悲しんだだろう。

バレンタインライブまでの一週間、どれだけ悩んだのだろう。

ライブでのあの言葉。口にするのに、どれほどの勇気が必要だっただろう。

そして、クッキーを作るとき、どんな気持ちだったのだろう。

佳奈子はくるみんではないから、本当のことなんて分からない。でも、ファンの幸せを願っていたことだけは、間違いないだろう。

だって、手作りクッキーは、こんなにも優しい味がする。

ふたりの子供のお母さんとなったくるみん。育児に追われる日々の中で、たまには子供たちにお菓子を作ったりするのだろうか。

あの日、ファンのために焼いたクッキー。今度は、子供たちのために。

大皿からクッキーが消え去り、コーヒーも飲み干してしまった佳奈子は、カップを置いた。周りを見渡せば、他の面々もカップを置くところだった。

そうして今日も、全員が手を合わせて唱和する。

「尊い……！」

第 四 話

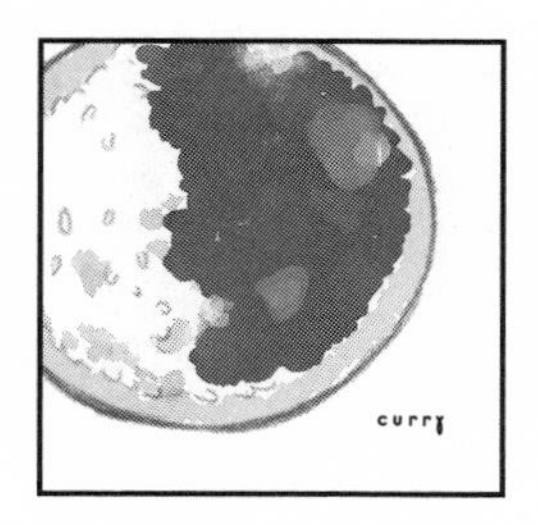

懐 深 い
カ レ ー

時刻は午後二時過ぎ。

引っ越して日が浅いがゆえに物が少ない佳奈子の部屋に、キャッチーでポップな音楽が流れていた。テレビ画面では、黄色を基調としたふわふわな衣装に身を包んだくるみんが歌って踊っている。

『きみ〜の〜ひ〜とみ〜に〜きゅんっ！』

「ひ〜とみ〜に〜きゅんっ！」

テレビ前のローテーブルを動かして作ったスペースで、佳奈子はくるみんと同じように両手でハートを作って左胸に寄せた。

『いっしょ〜にいきた〜いの　おでかっけ〜しましょ！』

「しましょお、ね！」

画面の中のくるみんと一緒に、佳奈子は地団駄を踏むようにその場で手足を大きく動かす。そのあと腰に手を当てて前かがみになり、人差し指でちょんと前をつついた。

最後のサビを歌い上げ、曲のアウトロ部分を踊りきり、締めは片足をあげて高く掲げた右手を、ゆっくりと前に下ろしてグーサイン。

余韻を残しつつ曲が終わるのを見届けて、佳奈子はグーサインしていた腕を下ろした。

真似しやすそうなダンスと思っていたが、これが意外と大変だ。コミカルな動きは普段使わない筋肉を酷使するし、最後の決めポーズは片足をあげたままキープしなくてはならなかった。

「アイドルって、体幹がしっかりしていないとできないんだな……」

ここ数日ですっっかり筋肉痛となってしまった腹部をさすりながら、佳奈子はぼやいた。莉緒の推し語りを聞いて数日。どっぷりくるみんファンとなってしまった佳奈子は、彼女のダンスを完コピしようと日々練習に明け暮れていた。

さすがくるみんというべきか、シングル曲のプロモーションビデオすべてに、通常バージョンとダンスバージョンの二種類存在していた。ダンスバージョンはくるみんを真正面から撮ってあり、佳奈子のような完コピを目指すものには大変ありがたい仕様だった。

首にかけたタオルで汗ばんだ額をぬぐい、ペットボトルの水を飲んだ。くるみんのダンスは簡単に見えて実は激しい。このまま毎日続ければダイエットになるかもしれない。

そんなくだらないことを考えていたら、スマホが音楽を奏でた。『喫茶閑日月』のアニメ第一期オープニングが鳴りだしたということは、相手は麻友だろう。ちなみに、第一期エンディングが美波、第二期オープニングが睦美で、エンディングが莉緒だ。

「はいはぁい」

『あ、佳奈子？　今日ってさ、講義午前だけだったよね。いまどこにいるの？』

そういう麻友も今日の講義は午前だけのはずなのに、どこにいるのか。スマホの向こうからがやがやと雑踏の賑(にぎ)わいが聞こえていた。

「家にいるよ」

『もしかして、くるみんのダンスの練習してたの？　すっかりファンになっちゃったよね。てかさ、佳奈子ってば推し語りを聞いたものは全部はまってない？　推しってなんですかって質問していたのが嘘みたいだよ』

確かに、『喫茶閑日月』は既刊を読破しただけでなく、最近は連載中の雑誌を追いかけているし、予定のない日にはヒノコと一緒に近場の史跡巡りをしている。いまだって、くるみんのダンスをマスターしようと練習していた。

推し語りをした時の麻友たちのような勢いというか熱量みたいなものはさすがに持ち合わせていないけれど、それなりにはまって楽しんでいる。それすらも、いままでの佳奈子にはなかったものだった。

「……なんていうか、自由になったというか、余裕ができたって感じかな？　自分でも気づかなかったんだけど、目の前のことだけで精いっぱいだったんだと思う。でも、ちょっと周りを見てみればいろんな世界が広がっていて、いくらでも手を伸ばしていいんだなってわかったの」

ひとり暮らしをする以前は、大きな問題というか、懸念事項がどっしりとのしかかっていて、なにかに興味を持つだけの気力すら残っていなかったのだろう。

佳奈子の言っていることの意味を図りかねているのか、スマホの向こうで麻友が『んん～？』となった。

『まぁ……よくわかんないけどさ、とりあえず今度一緒にカラオケ行こう！　私もくるみんのダンス練習してるから！』

そういう麻友も、佳奈子に負けず劣らずくるみんファンだった。なんてったって、ダンスＤＶＤを一緒にスマホでぽちった仲である。

カラオケに行けば、くるみんの本人映像に合わせて歌って踊れる――ワクワクしながら予定のすり合わせをしよう、となったところで、麻友が『……って、違う違う！』と我に返った。

『そうじゃなくってね。いまから推し飯の部室こられる？　ちょっと出先で睦美先輩と会ってさ。これから睦美先輩の推し語りを聞かせてもらうことになったから、佳奈子もどうかなって』

「睦美先輩の推し語り!?　行く行く！」

もしやその場に睦美がいたのか!?　と思いつつ、佳奈子は即答した。美波、莉緒と聞いてきたのだ。睦美の推し語りだってぜひとも聞きたい。

前のめり気味な佳奈子に、麻友は「そう言うと思った」と笑った。

部室での集合を約束して通話を切った佳奈子は、スマホをベッドに放り投げて身支度(みじたく)を始める。汗で湿ってしまった服を着替え、洗面台で化粧(けしょう)と髪型を直すと、カーテンを乱暴に閉めた。カバンの中身を確認してから、スマホをベッドから回収し、家を飛び出した。

空(から)っぽになった部屋に、鍵(かぎ)の施錠音(せじょうおん)が響く。カーテンの隙間(すきま)から差し込む日差しが、端に寄せたままのローテーブルの上、ＤＶＤパッケージのくるみんを照らしていた。


部室にたどり着くと、美波と莉緒がお菓子をつまみつつくつろいでいた。

「かなっち、いらっしゃ〜い」

「こんにちは。えと……麻友たちは、まだなんですか？」

部室を見渡しても、麻友と睦美の姿はない。せっかく大急ぎで来たのに、と落胆(らくたん)してしまった。

「あのふたりはねぇ、あと三十分は来ないんじゃないかしら」

頬(ほお)に手を添えた莉緒が、首を傾(かし)げつつ応えた。

麻友と電話を切ってからすでに三十分が経過している。つまりは、移動に一時間以上かかるということだ。

「もしかして、東京にいるんですか？」

「そうだよ〜。池袋で会ったんだって〜。乙女ロードでしょ」

乙女ロードとはなんのことだろう。聞きなじみのない言葉だ。

考えが表情に出ていたのか、莉緒が「乙女ロードっていうのは、池袋駅の東口から少し歩いた先の道のことよぉ」と説明してくれた。

「女性向けのアニメやゲームのグッズに同人誌、アイドルグッズなんかを扱う店が集まっているのぉ」

「コスプレなんかもあって、オタク女子の聖地だよね〜」

美波と莉緒は互いに視線を合わせて「ね〜」と声を揃えた。

麻友はともかく睦美までオタク女子の聖地にいるとは。つまりは彼女もオタクの聖地に関係する趣味を持っているのだろう。

推し飯研究会に所属している時点で、熱中しているものがあるんだろうな、とは思ってはいた。けれども、推し語りの対象はその人が語って聞かせたいほどはまっているものであり、系統の制限などはない。ゆえに、睦美の外見からくるイメージや普段の様子から、スポーツをたしなんでいそうだな、推しもスポーツ系なのかな、と勝手に思っていたのだ。

睦美の推しとは、なんだろう。

莉緒の情報をもとに考えるなら、アニメかゲーム、はたまた男性アイドルとか？

「あとは……コスプレ？」

凛と美しい睦美が様々なキャラクターになりきる……なんだそれめちゃくちゃ見てみたい、と佳奈子は真剣に思った。


「残念ながら、コスプレはしないな。見るのは好きだが……期待に応えられなくて、ごめんな」

「いえ、勝手にちょっと想像してみただけなんです。むしろすみませんっ」

佳奈子の勝手な予想は、睦美本人によって否定された。申し訳なさそうに眉を下げる睦美に、佳奈子の方がいたたまれなくなった。

そもそも、予想していたことを本人に伝えるつもりなどなかったのだ。うっかりこぼれた独り言はしっかり美波の耳に届いていたようで、睦美たちが部室へやってくるなり暴露されてしまった。

「でも、わかるわぁ。私も睦美ちゃんのコスプレ姿、見てみたいもの。絶対映えるわよぉ」

「昔、コスプレが趣味の先輩にすっごい誘われてたよね。やってみればよかったのに～」

「興味はあるんだが……私がやり出すと、たぶん、完成度を求めすぎて別の世界に足を踏み入れてしまうと思う」

　睦美の言葉の意味が、佳奈子にはいまいち理解できなかったが、莉緒と美波には分かるらしい。「あぁ……」とつぶやいて二度うなずいていた。

　長い付き合いの三人だからこそ分かることがあるのだろう、と思っていたら、隣に腰掛ける麻友までうなずいていたため、佳奈子は目を丸くした。

「え、どうして麻友まで納得してるの⁉」

　仲間だと思っていたのに、自分だけがのけ者にされたみたいで、思わず麻友の腕に取りすがってしまった。

「だって、今日見て知ったんだもん。睦美先輩の趣味」

「……趣味？　見たって、乙女ロードで会ったときのこと？」

「ごめんごめん、かなっち。べつに仲間はずれにするつもりはなかったんだ。今日はこれを買いに乙女ロードへ行っていたんだよ」

睦美がテーブルの上に置いたのは、人の頭より少し小さめな箱。縦長の箱にはアニメなのかゲームなのか、佳奈子が知らない題名がプリントしてあり、登場人物と思われる女の子のアップが側面に印刷されていた。正面は透明のフィルムが貼ってあり、中身を確認できた。

「これって、フィギュアですか？」

フィルムの中では、黒い水着を着た女性が椅子(いす)に腰掛けつつ長い桃色の髪をかき上げていた。

箱の中にあるため見えづらいが、佳奈子が記憶するフィギュアよりもずっと精巧な作りに感じた。

「今日はずっと昔に予約してあった作品の受取日でね。お迎えに行ったところで、まゆゆとばったり会ったんだ」

「まさか乙女ロードで睦美先輩に会うとは思いませんでした」

「あそこに行きつけのフィギュアショップがあってね。私が追いかけている原型師さんの新作が出たら声をかけてくれるんだ」

「原型師？」

「本来は工場で使う鋳型(いがた)を作るための模型を作る人のことをいうんだけど、フィギュアの原型を造形する人も含まれるんだ。私が持っているこのフィギュアは大量生産されたものだけど、工場で作る際、型が必要になるのはわかるかな?」

　フィギュアはプラスチックでできている。つまり、溶かしたプラスチックを流し込む型が必要になる、ということだ。佳奈子は黙ってうなずいた。

「型を作るためにも、また型が必要になるのもわかる?　つまり、最初のオリジナルがあって、そこから型を作ってコピーしたのが製品、てこと」

「最初のオリジナルを作る人が、原型師ってことですか?」

「そういうこと。さすがかなっち、理解が早いね」と、睦美が拍手した。ただ単に睦美の説明がうまかっただけなのに、思いがけず褒めてもらい、佳奈子ははにかんで肩をすくめた。

「私は昔っからフィギュアが好きでね。このキャラが好きだから、マンガが好きだから買ったとかじゃなくて、フィギュアの造形の素晴らしさに感激して買ったのが始まりなんだ。私の部屋は、壁一面フィギュアが飾ってある」

　窓以外の壁はすべてガラスケースで埋まっており、中にはフィギュアがこれでもかと並べてあるらしい。

「ちょっと大きめの地震が起こると、ケースの中のフィギュアが倒れるんだよ。それをひとつひとつ直すのが大変だったな」

　それでも、フィギュアをどこかへ片付けるつもりも倒れたまま放置しておくつもりもない。なぜなら、睦美にとってフィギュアは美術品と同じだから。

「フィギュアって、本当にすごいんだよ。拡大鏡でのぞき込まないとわからないような細かいところまできちんと作り込まれていて、二次元のキャラクターを忠実に立体化する、その再現率の高さが大好きなんだ」

　睦美はとにかく、フィギュアが持つその再現能力が大好きで、さっき自分はコスプレに手を出すべきではないと言ったのも、完璧を求めすぎて妥協ができず、出口のないラビリンスにはまり込みそうだからだそうだ。服だけでなく、自らの体形もコントロールしたくなるだろう、と真顔で言われ、佳奈子は返答に困った。

「昨今は生産技術の著しい向上で、原型師の一品ものかと確認したくなるくらいクオリティがあがっていてね。……まぁ、販売価格もあがっているんだけど」

　最後の方はぼそりとつぶやいていた。

「メーカーに所属していたり、フリーランスで依頼を請け負っていたり、何人かで分業して原型を作ったり。一言に原型師といってもいろいろあって、どの方も素晴らしいんだが、私が最も敬愛する造形師が、ＴＡＳＵＫＵさん。このフィギュアの原型を担当したんだ」

カバンから白手袋を取り出した睦美は、それを手にはめるなり、慎重に箱からフィギュアを出した。わざわざ手袋をはめてフィギュアを扱うさまは、まるで宝石店かどこぞの一流ブランド店の店員だ。驚いたと同時に、箱を持ち上げて中をのぞいたりしなくてよかった、と佳奈子は思った。

箱から出てきたフィギュアは、全員に見えやすいよう、テーブルの中央に置かれた。遮るものがなくなり、改めてフィギュアを目の当たりにした佳奈子は、感嘆の息をもらして見入る。

最初に驚いたのは、長い桃色の髪。ストレートの髪はひとかたまりではなくいくつもの房に分かれてふんわりと広がっており、一本一本が風になびいたような曲線を描いていた。色も、桃色のプラスチックを溶かして固めただけではなく、ハイライトや影の他に、ほんのりと毛先にかけて色が淡くなるグラデーションがかかっていた。

次に目がいったのはむっちりと大きな胸。黒い水着はボンテージをイメージしているのだろうか、てかっとした艶のある質感だった。軽くひねりをいれた腰には、細いながらもひねりに合わせた肉の盛り上がりが表現されており、へそ周りのぷっくり感とあわせて女性らしい柔らかさがあった。

ニーハイをはいた足は、太もも部分のニーハイとの境目にできた段差や、きゅっとしまった足首からのハイヒールがとにかく色っぽい。また、はいているハイヒールが赤のエナメルっぽいのもいい。

髪もボンテージ水着もハイヒールも、どれも同じプラスチックから作られているはずなのに、まったく違う質感のものに見えるから不思議だ。

「ＴＡＳＵＫＵさんのすごいところは、細かな造形技術と質感をリアルに描き分ける着色技術。そしてこのふたつの技術を結集して描かれる表情だ。見てくれよ。この妖艶で挑発的な表情！」

睦美が熱く語るだけあって、フィギュアの女の子は、つんとあごを持ち上げてこちらをわずかに見下ろしつつ、口元には笑みを浮かべている。よくよく見ると、八重歯というか、牙のようなものが左右に生えていた。もしかしたら、人間ではないのかもしれない。目元は笑っているからかわずかに細めており、持ち上げた眉や微笑む口元と相まって、なんとも挑発的な表情だった。

二次元のキャラクターらしいデフォルメされた顔なのに、なんだかとても生々しい。まるで画面の中の本物が現実世界に飛び出してきたような、命の片鱗みたいなものを感じた。

「なんというか、もう、芸術作品の域ですよね」

素晴らしい芸術には命が宿るとかなんとか聞いたことがある。目の前のフィギュアが動き出してもなんら不思議じゃない。

佳奈子の感想は満足のいくものだったのだろう。睦美は「そうだろう！」と全力で同意した。

「私がフィギュアにはまったのもＴＡＳＵＫＵさんの作品がきっかけだったんだ。当時大好きだった少女マンガのキャラクターだったんだが、影のあるキャラクターで、憂いを帯びた表情が神秘的で光り輝いて見えたのを覚えている」

その作品は雑誌で見かけたそうで、当時小学生だった睦美にはとうてい手が届かない値段だったという。

「あの日見たフィギュアにはまだ再会できていないけれど、新作を手にできるようになった。これで七体目だが、何度経験しても感無量だ。この喜びをみんなとも共有したい。だからこその推し飯なんだ！」

喜びを共有――まさに、その通り。推し飯とは、推しの素晴らしさを、そして素晴らしいと思う瞬間に込み上がってくる喜びを、みんなで共有することだ。

「じゃあ、睦美。今日の推し飯はな～に？」

美波の質問を待っていましたとばかりに、睦美は意気揚々と答えた。

「今日の推し飯は、カレーライスだ！」

カレーライスと聞き、佳奈子の心臓が嫌な音をたてた。

「どうしてカレーなんですか？」

固まってしまった佳奈子の隣で、麻友が挙手とともに質問した。

「ＴＡＳＵＫＵさんがプロの原型師になる前、まだまだ趣味でフィギュアを作っていたころ、通い詰めていた喫茶店のイチ推しメニューだったんだ」

「行きつけの喫茶店ですか？」

通い詰めと行きつけ。似たような意味を持っているが、あえて通い詰めていたと言ったことに意味があるような気がしていたら、同じ違和感を覚えたらしい麻友が聞き返していた。

「行きつけでも間違ってはいないけど、今回の場合は通い詰めていたが正しいかな。通っていたのはアースっていう喫茶店なんだけどね。そこはただの喫茶店じゃなくて、プラモデルやフィギュアの製作ができる喫茶店だったんだ」

「喫茶店で、プラモデルの製作？」

佳奈子と麻友の声が重なった。ふたりの反応が予想通りだったのか、睦美は「そう」と得意気に笑った。

「プラモデルやフィギュアを本格的に作ろうと思うと、いろんな工具や材料、設備が必要になってくるだろう。最初は簡単な組み立てから始めたとして、もっと本格的に製作してみたいと思っても、工具や材料を買うのはハードルが高い。この感じ、分かるかな？」

「わかります。ここで覚えた手料理を家で作るようになっても、まだ油を買うのは躊躇する。みたいな感じですよね」

佳奈子が所属してから今日まで、推し飯研究会ではまだ、焼いたりあげたりする手料理を作っていない。ここで作った手料理は家でも作るようにしているため、徐々にいろんな調味料や調理器具が揃っているが、油やフライパンを買うには至っていなかった。

「いや、そこは買おうよ。基本じゃん」と、思わずといった体で麻友がつっこんだ。

「だって、あらかじめ買っておいたとして、いざここで油を使う手料理をしてみて、自分にはできないなって思っちゃったら、その油どうするの？　油って、結構大きいよね？」

小さめのものでも、ドレッシングの大瓶くらいの大きさがあった。油の捨て方にはいろいろと決まりがあると聞いたことがあるので、へたに購入して処分に困ってはたまらない。

むっと口をとがらせながら熱弁する佳奈子に、睦美は「……うん。確かに、私が言いたいことはそういうことなんだけど……それはそれで、どうなのかな」と額をおさえた。

「まぁ、とにかく。ずっと続けていけるかどうか分からないのに、工具といった本格的なものはほいほいと買えないよね、という話なんだよ。さらに、アースでは初心者から上級者まで楽しめる様々な講習会が定期的に行われているし、そういうのがなくても、店員さんが都度都度教えてくれるんだ」

店員に教えてもらいつつ実際に工具に触れて作業してみて、これなら続けられそうと思ったら、工具を買う。

「私にとっての推し飯研究会ですね！」

「うん。佳奈子がここになにを求めているのかすごくよく分かった」

「まぁ確かに、本来の目的からはずれてるけど、料理をするのは一緒だからいいんじゃないかな」

「かなっち、いっつも熱心に推し語り聞くもんね～」

「楽しそうでよかったわぁ」

アースを利用する人々に強い共感を覚え、佳奈子は目を輝かせた。それを見た麻友はため息をこぼし、睦美たちはそんな後輩ふたりをほほえましそうに見つめていた。

「話を戻すけれど、ＴＡＳＵＫＵさんがアースに出会ったのは小学生の頃。父親が買ってくれたプラモデルがきっかけでプラモデルの製作に興味を持ってね。父親がアースを見つけてくれて、親子で来店したのが伝説の始まり」

伝説なんて大げさな、と思ったが、小学生が徒歩で通える範囲にアースがあったとは、もはや運命としかいいようがない。

「プラモデル好きが始めた、プラモデル好きが集まる喫茶店に、小学生がやってきたらどうなるか……そりゃあ、全力でかわいがるよねぇ」

そんなマニアックな喫茶店に、知識を求めてやってきた小学生。大人たちはさぞや大喜びで知識を授けたことだろう。製作に打ち込む少年を、入れ替わり立ち替わり構う大人たちの姿が目に浮かぶ。

「中学生の頃にはプラモデルの世界でそこそこ有名になっていてね。でも、まだまだ子供だったから本格的な機材を購入することもできないし、作業はアースで行っていたんだ」

「なるほど。だから、通い詰めていたんですね」

「でも、TASUKUさんはフィギュアの原型師なんですよね？」

ここまでで、フィギュアの話題はでてきていない。当然の疑問に、睦美は「アースはどちらかというとプラモデルがメインだったからね」と肩をすくめた。

「でもね、そのアースでTASUKUさんは運命の出会いを果たすんだ」

TASUKUが高校生のころだ。アースにフィギュアの原型師が来店した。

「その原型師は大手メーカーに勤めていてね、イベントで近くにやってきたからアースに来店してみたらしい。プロの原型師が現れて、店主もお客も大興奮。ここぞとばかりに製作のアドバイスや裏話などを聞きまくったそうだよ」

当然、高校生のＴＡＳＵＫＵもその輪の中に加わっていた。

フィギュア＝人形とだけ認識していたＴＡＳＵＫＵは、原型師が持ってきた現物を見て衝撃を受けた。当時の量産品ではなく、原型師が趣味で作った一点ものの作品は、二次元のキャラクターが立体になったらという想像を、そのまま具現化したような素晴らしい完成度を誇っていた。

いまにも動き出しそうなほど生々しいのに、３ＤＣＧのようなリアルさなどなく、あくまでアニメのキャラクターである。そのアンバランスなようで絶妙な作り込みが、プラモデルをいかにリアルな質感で表現するかということにこだわっていたＴＡＳＵＫＵの心を、わしづかみにした。

「フィギュア製作に強い興味を持ったＴＡＳＵＫＵさんは、話を聞いた原型師と連絡先を交換し、フィギュア製作に没頭した。もちろん、機材もスペースもないから作業はもっぱらアースでやっていたよ。美術大学に進学してからもフィギュア製作に明け暮れ、卒業する頃には商業作品の依頼を受けるまでになっていたんだ」

仕事でフィギュアを製作するときも、アースで行っていた。手に入れた報酬(ほうしゅう)で機材を揃えようと思えば揃えられたのだが、原型師として企業に就職しようと考えていたため、必要性を感じずそのままにしていたのだ。

「そんなTASUKUさんにフリーランスの道を示したのが、アースで出会って以来、師匠として TASUKUさんを導いてきた原型師だった。メーカーから独立して久しいその人は、TASUKUさんにフリーランスを勧めたんだ。すでにいくつか仕事をこなしていたTASUKUさんなら、フリーでも十分やっていけるってね」

フリーであれば、いろんなメーカーと仕事ができる。造形好きのTASUKUにとって、それはとても魅力的な話だった。

フリーで働くことを決めたTASUKUは、実家を出て東京でひとり暮らしを始めた。ひとりで暮らすには広い二部屋のマンションを借りて、これまでの仕事で得た報酬をつぎ込んで機材を買い揃えた。

「ずっとアースに通い続けていた少年が、とうとう独立して巣立っていく。アースの店主はそれはもう喜んで、TASUKUさんにいくつかの機材を譲ったそうだよ」

東京に出てフリーランスの造形師として働き出したTASUKUは、持ち前の造形技術を遺憾なく発揮して、瞬く間にフィギュア界で有名になっていった。

仕事の合間を見て、年に数回実家に帰るときは、必ずアースに顔を出したという。それは、アースにも置いてある雑誌から、インタビューを受けるほど有名になっても変わらなかった。

「雑誌のインタビューでね、TASUKUさんはいつも言うんだ。アースがなかったら自分は原型師になっていないって。だから、TASUKUさんに憧れるファンに、アースは聖地って呼ばれている。私も一度行ってみたことがあるんだが、本当に小さい、どこにでもあるような喫茶店だったよ。まぁ、店の壁沿いが作業台と機材で埋まっているから、厳密には普通じゃないんだけど」

でも、フィギュアやプラモデルは関係なく、のんびりと過ごせそうないいお店だったよ

――睦美はそう言って、まぶしそうに目を細めた。

その視線の先には、きっと、いつか見たアースの様子が映っているんだろう。

憧れの人が長い時を過ごした空間。たとえその人はそこにいなくても、夢や幻ではなく現実にその人が存在するのだと実感できる場所。

そりゃあ聖地と呼ばれるよなぁ、と、佳奈子は心の底から同意した。と同時に、佳奈子も行ってみたいと思った。是非とも睦美と一緒に行って、キラキラと輝く瞳で店内を見渡す彼女を、すぐ横で見守りたいな、と思った。

「よし！　じゃあ、推し語りもできたことだし、さっそくカレー作りをはじめようか！」

いつもよりも気合いいっぱいで、睦美が号令をかけた。落ち着きのある彼女には珍しい

態度だが、美波も莉緒も普段通りに準備に取りかかった。かくいう佳奈子も、推し語りをした後なのだから、興奮するのも仕方がないだろうと理解できているので、なにも言わずに美波たちの後に続いた。

「今日はカレーでしょ～？　具はなににする？」

「とりあえず、ジャガイモ、にんじん、タマネギでいいんじゃないかしらぁ」

美波と莉緒の会話を聞きながら、佳奈子はそれだけでいいの⁉　と密かに驚いていた。

「お肉はどうする？　今日は牛、豚、鶏が冷凍庫にあるよ」

睦美の問いに「そうねぇ～」とつぶやいた美波は、少し悩んでからおもむろに片手をうえへ伸ばした。

「せっかくだから多数決しちゃお～。カレーには牛だと思う人～」

美波の号令に合わせて手を上げていった結果、使う肉は豚で決定した。ちなみに佳奈子は牛で手を上げた。

昔、母と一緒にカレーを作ったことがあり、そのとき使っていたのが牛肉だったのだ。小学生の頃だったと思う。母と一緒に料理をしたのは、その一度きりだった。

「かなっち、こっちに来てくれるかい？」

遠い記憶に思いを馳(は)せていた佳奈子は、かけられた声ではっと我に返った。振り向くと、洗い場に立つ睦美が手招きしていた。

「今日の推し飯はカレーライスだから、ご飯を炊こうと思うんだが。かなっちはご飯を炊いたことある？」

佳奈子が黙って首を横に振ると、睦美は「そっか。じゃあチャレンジしてみよう」と柔らかく微笑んだ。

いつもいつも思うのだが、なにも知らない佳奈子を、睦美は絶対にバカにしたり呆れたりしない。そうかとうなずいて、丁寧に教えてくれるだけだ。それがとてもありがたくて、胸が一杯になって、推し飯研究会に所属してよかったと、佳奈子は心から思うのだった。

「まずは米を量ることから始めようか。これ、米を量るためのカップなんだ。一般的な計量カップより少し少なめになっている」

睦美は佳奈子の目線の先にふたつのカップを掲げて見せた。少し大きさが違うかな、という程度で、メモリを見ると二十CCしか変わらなかった。

米用の計量カップ摺り切り一杯が一合。今日は五人なので三合分——カップ摺り切り三杯を、炊飯器の内釜に放り込んだ。

「まずは釜の中の米が完全に浸るくらい水をざっと入れて、すぐに水を捨てる。米粒を落としちゃもったいないから、水切りはある程度でいいよ」

指示通りにお米をすすいでから、手でかき混ぜて洗う。その際、手の形は卵のような細長い丸い物体を片手で包み込むように指先を丸めた状態で行うのがいいらしい。ごしごし洗うのではなく、シャカシャカと音が鳴る程度でいいそうだ。

かき混ぜてとれた糠(ぬか)を洗い落とすため、水を入れて軽く混ぜて捨てるを二回繰り返し、もう一度シャカシャカとかき混ぜていく。今度はさっきの半分くらいの回数しかかき混ぜず、さらに一度水ですすいだら内側の目盛りに合わせて水を注いで終わりだった。

「釜を炊飯器にセットしたら、最後に氷を数個ほうり込んで、あとはふたを閉めて炊飯を押せば終わり。よくできました！」

スイッチを押した佳奈子を、睦美が拍手とともに褒(ほ)めそやした。が、佳奈子は「え、これだけですか」と目を丸くした。昔、母とカレーライスを作ったとき、もっとしっかり洗っていたからだ。

「あんまり洗いすぎても、米のうま味や栄養素まで抜けてしまうから、これくらいでいいんだよ。昔はもっとしっかり洗ってたみたいだけどね」

昔はもっとしっかり洗っていたということは、母のやり方はその世代の人達からすればスタンダードなことなのだろうか。

腑(ふ)に落ちない顔をしていると、テーブルで野菜を切っていた美波が「あ～もしかして！」とこちらを振り返った。

「かなっちってば、米を洗うって聞いて洗剤を使うと思ってたんじゃな～い？」

「もぉ、美波ちゃんってば、二次元のメシマズキャラじゃないんだから、そんなわけないでしょう」

「いくらかなっちが料理初心者でも、米を洗剤で洗おうとは思わないだろう。これから口にするものなんだから」

莉緒と睦美に瞬時に否定された美波は、「分かってるわよ～。冗談じゃ～ん」と口をとがらせた。そんな三人を見つめながら、佳奈子が「は、はは……」と乾いた笑いをこぼしていると、「タマネギ切れましたぁ！」と麻友が叫んだ。

黙々と切り続けていたらしい麻友は、睦美たちの返事も待たずに包丁を置いて佳奈子のもとまで移動してきた。隣に立ったかと思えば、「ぷはぁっ！」と吐いて乱れた息を整えている。

「……息を止めていたの？」

「そうだよ！　だって呼吸すると涙が出てくるんだもん！」

意味が分からず、佳奈子は眉(まゆ)をしかめた。それを見た麻友は「もぉ、知らないの？」とむっとした表情を浮かべた。

「タマネギを切ると涙が出てくるんだよ。タマネギを切ることで出てきた成分が、鼻の奥の粘膜にくっつくと涙が出てくるの。だから、呼吸しないのが一番の予防なんだよ」

「そんなに長い間、よく止められたね」

「気にするところ、そこ⁉　それはさぁ、苦しくなったらまな板に背を向けて呼吸するんだって。ひと息ついたらまた呼吸を止めて作業を再開させるの」

　麻友の話を聞きながら、佳奈子はただただ感心した。料理って、いろいろ大変なんだなぁと改めて実感した。

「お疲れ様、まゆゆ。切ったタマネギは、大きい平皿に広げてふんわりラップをして、レンジにいれてもらえるかな」

「きつね色になるまで炒めるんじゃないんですか？」

「それもありなんだけどね、めちゃくちゃ時間がかかるでしょう。電子レンジで加熱しても同じ効果があるから、時短にもなるしそっちのやり方にしているんだ」

　白いタマネギが茶色くなるまでどれくらいの時間がかかるのか、佳奈子にはまったく予想がつかない。が、麻友が「あぁー……」と嫌そうに目を細めたので、それなりに重労働なのかもしれない。ちなみに、母と作ったときは母によって野菜たちが瞬く間に色を変えていき、佳奈子が手伝う余地などなかった。

納得した麻友は睦美が持ってきてくれた大皿にタマネギを載せ、ラップでぴったり密封するのではなくいくつか隙間ができるように被せた。ふんわりラップとは、蒸気で膨らんでラップが破れないための工夫らしい。

「かなっち～。こっちおいで～」

レンジをセットする麻友を背後から見つめていたら、美波から声がかかった。コンロの前に立つ彼女は、大きめの両手鍋を持っていた。

「これから炒めていくからね。かなっち、やってみよう！」

「がんばって！」

莉緒に応援されながら、佳奈子は美波と立ち位置を変わってコンロの前に立った。熱した鍋に油を入れながら、そういえば油を初めて使ったな、と思った。

「まずはジャガイモを炒めて、表面がなんとなく透き通った気がしたらにんじんを入れるよ～」

「……なんとなく、ですか？」

「そう。なんとな～く、つやっと透き通ってきたかな？　と思ったらいいの。ほら、ジャガイモは焦げ付きやすいから、手を動かして～」

相変わらずアバウトだな、と困惑していたら急かされてしまった。慌てて木べらで鍋をかき混ぜる。しばらくして、「……なんとなく、透き通ってきた気が、する?」という佳奈子のつぶやきを耳ざとく拾った美波が、確認することもなくにんじんを放り込んだ。それでいいのか? というのはもう愚問だ。佳奈子はなにも言わず手を動かした。

にんじんの次は、肉の出番だ。推し飯研究会では、様々な種類の肉を小分けにして冷凍しており、牛、豚、鶏という種類だけでなく、バラやロース、胸肉といった部位や細切れ、固まり、薄切りなどの切り方の違う肉を少量ずつ冷凍庫に保管してあった。冷凍してしまえば長期保存――とはいえ限度はある――が可能だそうで、安売りしているときにまとまった量を買って消費しているらしい。

話を聞いた麻友はひとり暮らしの参考になると喜んでいたので、佳奈子もやってみようと思う。

肉の色が変わってきたところで、温め終わったタマネギが投入された。

加熱する前はポキリと折れるほど張りがあったタマネギが、レンジを終えたいま、しなしなのぐにゃぐにゃだった。色もほんのり茶色がかっていて、うっすら透き通っている。

タマネギの茶色が少し濃くなったところで、ずっと見守っていた莉緒が「いい色になってきたわねぇ」と言って鍋に水を注いだ。

具材が水に浸るのを見届けていると、睦美が「お疲れ様」と声をかけてくる。

「具材を炒めるのって結構重労働だよね。大人五人分だからよけいに重たいんだ」

そう言われれば、肩や腕に違和感があった。右手首がとくにひどいが、肩や二の腕にも疲労感が、しかも両方の腕にあるので、案外料理は重労働なのかもしれない。

「ここからじっくり煮込むから、ちょっと休憩しようよ。コーヒー淹れるからさ」

素敵な誘いにうなずいて、佳奈子はテーブルへと移動した。炒めている間、その場に立ちっぱなしだったからか、一歩踏み出して膝や足裏に鈍い痛みがはしった。腰掛けると、腰にも違和感がある。ほおっと息を吐きながらテーブルにうつぶせた佳奈子は、そのまま顔だけを動かして、コーヒーの準備をする睦美へと視線を向けた。

コーヒー粉をセットしたドリッパーに湯を注げば、たちまち香りが広がった。苦くどこか甘い不思議な香りを深呼吸で吸いこんで、佳奈子はふっと笑みを浮かべたのだった。

まるで秒針のように、茶色の雫（しずく）がぽつぽつと一定のリズムでドリッパーから落ちていく。

「かなっち〜、お鍋が沸騰（ふっとう）してきたみたい。見に行こう」

コーヒーを淹れる睦美を無心で見つめていたら、美波に声をかけられた。はっと我に返ってコンロへと顔を向けると、鍋から湯気が立ち上っていた。

立ちあがった佳奈子は、すでに移動し始めていた美波の背中を追いかけた。コンロの鍋は、ぐつぐつと煮えたぎっている。

　美波の指示に従い、佳奈子はアクをとっていく。沸騰する鍋のふちや中央に集まって膨らむ、薄茶色の泡みたいな固まりをお玉でこそぎ取るようにすくった。水分を取りすぎたらどうしよう、という不安はあったが、具さえ残っていれば多少水分が減っても後で水を足せばいいといわれて少し気が楽になった。

　目立つアクをすくい取って、少し待ってまた集まってきたものを取って、と数回くり返し、泡の固まりなのかアクなのか分からなくなったところで、作業は終了した。

「かなっちお疲れ～。あとは具が柔らかくなるまで弱火でコトコト煮込むだけ～。あ、そうだ。今日の隠し味ってなににする？」

「隠し味、ですか？」

「そう。カレーって、各家庭ごとにいろんな隠し味があるよね。かなっちのお母さんはなにを入れてた～？」

　佳奈子は腕を組み、記憶をたどる。母とカレーを作ったとき、入れていたもの。記憶の中の母は鍋にいろんなものを入れていて、どれが隠し味だったのかまったく分からない。そもそも、なにを入れていたのかさえ把握できていなかった。

『カレーの隠し味といえば、これよね』

思い出の中の母が、とある袋を持って得意気に言った。

「あ……チョコレート?」

佳奈子のつぶやきは、しっかりと美波の耳に届いたらしい。「あぁ、チョコレート!」と両手をついた。

「カレーの隠し味といえば、チョコレートだよね。さっすがかなっちのお母さん! 基本は外さないいんだ～」

「美波先輩の家は、どんな隠し味を入れているんですか?」

チョコレートという答えが間違っていなかったことに安堵しながら、佳奈子は美波へと話題をふった。

「あたしんちはね～、牛乳をたっぷり入れるよ～」

「牛乳ですか!?」

カレーがまっ白く染まらないのだろうか。驚く佳奈子に、美波は「まろやかなコクがでるよ～」と笑った。

「私の家は、インスタントコーヒーを入れるな」

「私の家は、ケチャップを入れるのぉ。入れすぎなければ、酸っぱくなったりしないんだからぁ」

睦美と莉緒に続いて、麻友が「私の家は、醤油です」と答える。先輩三人は「あ〜」と大きくうなずいた。

「醤油とかソースとか、食べる直前にいれたりする人いるもんね〜」

「お店にも置いてあるしねぇ」

美波と莉緒が「ねぇ〜」と声を揃えた。

「それにしても、五人とも見事にばらばらだったな。今日はどれを入れようか」

人差し指で顎をつつきながら、美波が「ん〜」と視線を持ち上げた。

「せっかくだから、かなっちたちの隠し味を採用してあげたいんだけど〜、自分の慣れ親しんだ隠し味も捨てがたいよね〜」

悩む美波の言葉を聞いて、莉緒が「そうだぁ」と手を叩いた。

「だったら、全員の隠し味を入れちゃえばいいんじゃないかしらぁ」

「いいねぇ！　入れちゃおう。入れちゃおう」

「えぇっ⁉　それって……ありなんですか？」

莉緒のとんでも発言を睦美が受け入れたことが信じられず、佳奈子は声をあげた。

隠し味をいくつも入れたら、味がめちゃくちゃになるのではと心配になったが、睦美たちは「だ〜いじょうぶだって」とあっさり言ってのけた。

「カレールーを入れちゃえば、だいたい味がまとまるから！」

「そうそう。カレーの懐は海よりも深いんだよ～」

カレーの懐とは、いったいなんなのか。意味がまったく理解できなかったが、睦美たちが大丈夫というのならそうなのだろう。佳奈子は料理の素人なのだから、先輩たちを信じて深くは考えないことにした。

隠し味が決まったので、睦美たちはいそいそと準備に取りかかった。インスタントコーヒー、牛乳、醬油、ケチャップ、チョコレートが机に並んだ。

ひと口チョコが一粒転がっているのを見て、佳奈子は首を傾げた。

「あの、チョコレートは一個だけなんですか？」

「そうだよ～。入れすぎると、甘くなっちゃうじゃん。あ、でも、かなっちのお母さんはもう少し入れてた感じ？　あとひとつふたつ追加しちゃう？」

棚に片付けようとしていたひと口チョコの大袋を掲げて、美波が確認する。記憶の中の母がどれだけチョコレートを入れていたか、はっきりと思い出した佳奈子は「いえ、それで大丈夫です」と首をぎこちなく横に振った。

美波は「ほんとにいいの～？」といぶかしげに首を傾げていたが、深く追及せずにチョコレートを片付けた。

「じゃあ、具も柔らかくなってきたことだし、隠し味を入れていくよ」

お玉で軽くかき混ぜて具材の様子を見た睦美が、手際(てぎわ)よく五つの隠し味を入れていく。

チョコレートだけでなく、ケチャップや醬油もさっと入れる程度だった。

「どれもちょっとだけなんですね」

「隠し味だからね。たくさん入れたら隠れないだろう」

睦美の答えに、それもそうだと納得した。

「最後に牛乳を入れて、と」

「結構入れましたね」

鍋の中が真っ白に染まった。コップ一杯はいったんじゃないだろうか。

「牛乳はまろやかになるくらいでとくに主張がないからね」

鍋をかき混ぜながら、睦美が答えた。佳奈子はグルグルと回る鍋の中身を見つめながら、
そういうものか、とぼんやり思った。

「よし、ひと煮立ちしてきたところで、カレールーをいれようか」

お玉を鍋から取り出した睦美は、コンロの火を止めた。

「もう煮込むのは終わりなんですか？」

「火を止めた方がルーが溶けやすいんだよ。箱裏の作り方にもそう書いてある」

空箱となったカレールーの箱を渡された佳奈子は、裏面の作り方に目を通した。確かに、火を止めてルーを溶かすと書いてあった。

それだけではない。ここまでの行程はすべて、この作り方に添ったものだった。

「……ちゃんと作り方通りにしてるんですね」

思わず口をついた言葉に、睦美は「ん？」と首を傾げたあと、なにか思い至ったのか「あぁ」と大仰にうなずいた。

「普段、私たちが感覚で料理しているからだね。まぁ、何度も作っているとだんだんとアレンジが入ってしまうのは仕方ないよ。でも、カレーに関しては、スパイスから作ったりしない限り、隠し味とか具材くらいしかアレンジの余地がない。それに箱裏の作り方は、自社で作ったカレールーを、消費者がよりおいしく食べられるよう書いてあるんだ。それを無視するって、初めて買った電化製品を説明書なしに使うようなものじゃないか」

説明書なしでも、ある程度使える電化製品もあるだろう。それでも、使いこなすことはできない。

佳奈子は鍋の中のカレーを見る。お店や給食で食べたカレーと、まったく同じものが出来あがっていた。

「……あの、次の推し語りなんですけど……私がしても、いいですか？」

佳奈子がおずおずと申し出ると、鍋をかき混ぜていた睦美は「えっ！」と振り返った。

「かなっちの推し語りっ……大歓迎だよ！」

睦美の思いの外大きなリアクションにたじろいでいたら、食べるための準備に取りかかっていた美波たちが「えぇ～⁉」と声をあげて集まってきた。

「かなっち、推しができたの⁉　なにそれめっちゃ知りたいんですけど⁉」

「そんな素振りなかったのに、いつの間に⁉　ええ、私が知ってるもの？　見たことある？」

「あら、ダメよぉ、ふたりとも。それは推し語りのときのお楽しみにしないと」

ぐいぐいっと身を寄せてくる美波と麻友を、莉緒がおっとりとたしなめた。素直に引き下がったふたりだが、気になって仕方ないらしく、明日集まろうと言い出した。

「明日とか、どんだけ気になっているんだ」

「だって悠長（ゆうちょう）にしてたらゴールデンウィークに突入しちゃって、しばらくお預けになっちゃうじゃん！」

確かに、この週末からゴールデンウィークに突入する。大学によってはゴールデンウィーク中も講義があるそうだが、御幸原（みゆきはら）女子大学はカレンダー通り真ん中に平日を挟んで連休となっていた。

「かなちゃんとまゆちゃんは、県外から来ているのよね？　だったら、連休中は実家に帰るのかしらぁ？」

頰に手を当てた莉緒が、首を傾げながら問いかけた。

佳奈子と麻友は顔を見合わせてから、莉緒へと向きなおってうなずいた。

「後半の連休に帰ろうかなって思ってます」

「私も、そのつもりです」

べつに地元で同窓会があるわけでもなければ、ふたりで示し合わせたわけでもない。それなりに距離がある地元へ帰るなら、なるべく長く滞在しておきたいと思った結果、連休日数が多い後半を選んだのだ。

「莉緒先輩は、このあたりが地元なんですか？」

さっきの言い方から、莉緒は実家住まいのような気がしたのだ。佳奈子の予想は当たっていたらしく、ここが地元なんだそうだ。

「睦美先輩と美波先輩は？」

「私たちも県外出身だよ。ただ、日帰りできるくらい近いけどね」

「あたしたち、同じ高校出身なんだ。かなっちたちとおそろい～！」

頰に人差し指を当てて、美波がバチンと見事なウインクをした。

「かなっちたちが地元へ帰るのなら、美波の言うとおり、なるべく早く次の機会を設けるべきだな」

　ずっと鍋をかき混ぜ続けていた睦美は、火を止めてお玉を取り出し、佳奈子たちへと向きなおった。

「かなっちの推しは私もすごく気になるが、カレーも完成したところだし、それを味わってから今後のことを相談しよう」

「やった！　かんせ〜いっ‼　じゃあ、かなっち行こう」

　両手をあげて喜んだ美波は、机に放置していた皿を持って窓際へと向かった。唐突(とうとつ)に指名された佳奈子は「え、あ、はい！」とまごつきながらも後についていく。

　炊飯器(すいはんき)の前で立ち止まった美波は、皿をすぐ真横においてから佳奈子へと振り返った。

「炊(た)けたご飯を軽く混ぜてから、みんなのお皿によそってほしいんだ〜」

　そう言って差しだしたのは、しゃもじだった。

　料理をほとんどしたことがない佳奈子は、もちろん、ご飯をよそったことなど給食当番くらいしかない。ご飯を混ぜろと言われても、どうしてそんなことをする必要があるのか、まったくわからなかった。もしかして、ご飯を混ぜるって佳奈子が思う混ぜるとは違う意味なのだろうか。

しゃもじを受け取ったものの、戸惑っているのが伝わったのだろう。美波は呆れたりせず優しい笑みを浮かべた。

「炊きたてのご飯ってね、軽く混ぜてほぐした方がおいしくなるんだよ〜。表面についた水分がどうとか、お米が立つとかいろいろ難しい理由があるみたいなんだけど〜、とりあえずその方がおいしいってのだけ覚えとけばいいから！」

ずいぶんとざっくりした説明だが、おいしくなることが最重要事項なので、きっとそれで問題ない。

炊飯器のふたを開けると、もわんと湯気が立ち上り、佳奈子の視界を白く染めた。白いもやが晴れると、お釜に水は見当たらず、代わりにもっちり膨らんだお米がぎゅぎゅっと敷き詰められていた。

べつに膨らんだ米が互いをつぶし合っているわけではない、ただ、凝縮されているというか、隙間なく詰まっているのだ。これはほぐすという作業が必要だと納得してしまった。

「まずはしゃもじで十字に切りこみを入れて〜」

美波の指示に従い、佳奈子はしゃもじでツメツメのご飯に切り込みを入れた。その後、四分の一を下からすくい上げて、他のご飯のうえにひっくり返すように載せ、混ぜ合わせる。

ただ、鍋を混ぜるようにするとせっかくのお米がつぶれてしまうので、切り込みを入れた時と同じように、しゃもじで切るように混ぜるのがコツだと教えられた。

ひっくり返して切る、を二、三度くりかえして、やっと美波から合格をもらった。

「じゃあ、みんなのお皿によそってくれる～？　量はみんな同じでいいから」

指示されたとおりに佳奈子がご飯をよそうと、美波と莉緒がそれを鍋の前で待機する睦美のもとへと持っていった。

皿を受け取った睦美がご飯にカレーをかけ、改めてそれを受け取った美波と睦美が、机へ並べた。

カレーの横に、麻友がスプーンと麦茶入りのコップを置いていく。佳奈子が戻る頃には、すべてのセッティングが終わっていた。

それぞれが席に着いたのを確認して、睦美が両手を合わせた。

「それじゃあ、今日も推し飯をいただこうじゃないか。みんな、手を合わせて……いただきます」

「いただきます！」と唱和してから、それぞれスプーンを持った。

佳奈子はすぐにカレーを食べず、しばし完成したそれを観察した。

牛乳を入れたからなのか、少し白っぽい気はするけれど、見た目は至って普通のカレーだ。

目を閉じて、大きく息を吸い込んでみれば、スパイシーでありながらどこかフルーティな香りに、思わず腹の虫がぎゅうと存在を主張した。

恐る恐るといった体でカレーとご飯の境界線をすくいあげ、口にほうり込む。最初にカレーの香りが口から鼻に抜け、そのあと、複雑なうま味が舌から口いっぱいに広がった。チョコレートや醤油、ケチャップを入れたというのに、甘くも醤油辛くも、ましてや酸っぱくもない。まろやかで、スパイシーで、深みがあり、かみしめるとご飯の甘みがにじみ出してまじりあい、絶妙なハーモニーを奏でていた。

これぞ、カレー。佳奈子がお店などで食べた——いや、それよりもずっと柔らかで、深い味わいのカレーだった。

「……手作りって、優しい味がするんですね」

佳奈子の口からポロリとこぼれた言葉に、隣の麻友が「ほんとにねー」と感嘆の息をこぼしながらうなずいた。

「プロが作った料理にはかなわないけどね。それでも、手作りには手作りの良さがある」

「隠し味もたくさん入れたし～」

「あんなに色々入れたのに、不思議とけんかしないのよねぇ」

これこそがカレーの懐（ふところ）の深さか——と実感しながら、佳奈子はスプーンで目一杯掬（すく）い上げたカレーをほおばった。思い描いていたとおりのカレーを自分が作り出せた奇跡をかみしめながら、今回カレーをつくるきっかけとなったＴＡＳＵＫＵのことを思う。

彼がアースで食べたカレーは、いったいどんな味がしたのだろう、と。

父親の付き添いがあったとはいえ、まだまだ小さな小学生だったＴＡＳＵＫＵがアースを訪れた瞬間の緊張は、さぞや大きかったはずだ。アースの店員や常連客に受け入れてもらえたときの安堵（あんど）や、先輩たちの作品を見たときの感動は、きっと簡単に言葉で表せるようなものではない。

夢中に勝るものはない、とはよくいったもので、毎日のようにアースへ通い、大人たちからプラモを作る喜びを知った彼は、大人たちの手を借りながらただ夢中になって努力を積み重ねていったのだろう。その結果が、原型師という職業だ。

きっとアースの大人たちはＴＡＳＵＫＵがかわいくて仕方がなかったんだろうなぁ。自分の持つ技術やノウハウを惜しげもなく注ぎまくったに違いない。でなければ、小学校、中学校、高校と、成長とともに自分を取り巻く環境がめまぐるしく変わる中、アースに通い続けるなんて難しいはずだ。

そこに待っている人がいる。一緒に作品を作ってくれる人がいる。できあがったものを一番に褒めてくれる人がいる。

だからこそ、ずっとずっと続けてこられた。

それはきっと、フィギュアを作るようになってからも一緒で。

そんな居心地のいい場所には、いつもスパイシーな香りが漂っている。学校帰りに通っていたのなら、きっとひと作業終えたあたりに、お腹がすいてきたはずだ。

作業の手を止めて、TASUKUが口にするのは、アース特製スパイシーカレー。じっくり煮込んだ肉のうま味、丁寧に炒めた野菜のうま味、店長こだわりのスパイスはぴりりと辛くて、疲れた身体に優しく活を入れる。

そうしてまた、TASUKUは作業に戻るのだろう。ちょっと辛いなと、はっと息を吐きながら。


最後のひと口を飲み込み、カレーの余韻を味わいつつ、佳奈子は水を飲み干した。

コップを机において周りを見れば、みんなもスプーンやコップを置くところだった。

今日の推し飯も、文句なしにおいしかった。だからこそ、両手を合わせてつぶやかずにはいられない。

「尊(とうと)い……！」

第 五 話

背 徳 の 炭 水 化 物 パ ー テ ィ ー

街の灯りが、夜空を青白く染める頃。

自分の部屋のベッドに横になりながら、佳奈子はスマホを操作していた。

画面に映るのはメッセージアプリ。『お母さん』と書かれたトークルームにメッセージを入力していた。

『ゴールデンウィークは後半に帰る予定です。

お土産はなにがいいですか。リクエストがあったら早めにください。

麻友と一緒に帰るつもりです。詳しい日程が決まったらまた連絡します』

入力したメッセージを送信するでもなくしばし見つめて、佳奈子はまた指を動かした。

『大学では素敵なサークルに入りました。詳しい話は帰ってからするね。あと、もし時間があれば、一緒に』

入力していた指が止まる。押し黙ったまま、じっと画面とにらめっこを続け、やがてため息とともに頭を振ると、後から入力したサークルについてのメッセージを消去した。

後で連絡する――そう締めくくった文章を改めて読み直し、送信を押した。

トークルームに、緑の吹き出しが現れる。既読がつくのを確認することなく、佳奈子はスマホをスリープモードにした。

「新幹線の切符、これで予約するけど、いい？」

推し飯研究会の部室にて、麻友が佳奈子にスマホの画面を見せながら問いかけた。

画面の表示内容に間違いがないことを確認した佳奈子がうなずくと、麻友は「じゃ、決済しま～す」と言いながらスマホを操作した。

「ありがとね。お金、いま払うわ」

佳奈子が足下に転がしていたカバンをつかむと、麻友が「べつに後でもいいよ？」と肩をすくめた。

「いや、いまやっとかないと忘れちゃいそうで怖いし」

「さすがに忘れないと思うけど……。ま、いいや。こういうことはなるべく早く済ませるべきだしね」

そうそう、とうなずきながら、佳奈子は財布からお金を取り出す。小銭があるだろうかと心配だったが、運良くおつりを必要としなかった。

「じゃ、これで――」

「やっほ～！　かなっち、まゆゆ、お待たっせ～」

廊下へ続く扉を勢いよく開けて、美波が入ってきた。一歩入ったところで両手を高く掲げてポーズを取る美波の背後には、早く入れとばかりに背中を小突く睦美と、そんなふたりをほほえましそうに見守る莉緒がいた。

「あ、先輩たち、こんにちは」

三人へ会釈しつつ、佳奈子は麻友にお金を渡した。その様子を見た美波が、「めっちゃ大金じゃん！　え、なになに？　どゆこと？」と長いまつげで縁取られた目を瞬いた。

「実家までの電車の切符、麻友にネットで購入してもらったんです。その支払い」

「あ～……なんだぁ。そういうことか～。何事かと思ったよ。ほっとした～」

「もぉ、美波ちゃんってば。このふたりにかぎって変なことなんてあるわけないでしょ」

莉緒にたしなめられ、美波は「わかってるし～」とふてくされた。

「ただ、結構な金額だったからびっくりしただけじゃん」

「往復で購入したのでこの値段になったんです」

諭吉約三枚分の金額を渡していたのだ。驚くのも仕方がない。

「いまの時期でもまだ切符が買えたんだ。よかったね」

感心する睦美へ、佳奈子と麻友は渋い顔でうなずいた。

「本当にぎりぎりでした。最悪、自由席になるかと……」

「結局とれたのは朝の六時台だしね。まさかこんなに早く切符が売りきれるなんて思いもしませんでした」

不幸中の幸いは、新横浜から東海道新幹線を利用するので、いったん東京に出る必要がないことだろう。名古屋で新幹線を降りてからも、まだまだ長い道のりがあると思うと憂鬱だが。

「青春18切符で帰ってみるのもいいかもねって話してたんですけど、初めての帰省なので無難に新幹線にしました」

「もう少し長い休みが取れたときにでもやってみようって」

佳奈子と麻友は「ね～」と声を合わせた。

「いいな～、いいな～。青春18切符で遠出とか一度はやってみたいやつじゃん！　あたしも行ってみた～い」

両手を握りしめた美波が、だだっ子のように身体を揺すった。地元へ日帰りできる美波は、新幹線すらあまり利用しないという。家族旅行はもっぱら自家用車なのだそうだ。

それをきっかけに、いままでどこへ旅行したことがあるか、という話題に移っていった。

美波と同じように睦美の家も車移動派だそうで、なんと九州旅行も車で行ったらしい。

佳奈子は北海道に、麻友は沖縄へ行ったことがあり、莉緒にいたっては海外旅行経験者だった。

「……て、違う！　今日はかなっちの推し語りを聞きにきたんじゃん！」

美波がそう叫んだのは、すでに陽が傾ききった頃だった。窓から差し込む夕日が作り出す、オレンジと濃いグレーのコントラストで彩られた部室は、まるでドラマのワンシーンのようで。胸が切なくなる美しさがあった。

「おやつの時間も過ぎてしまったわねぇ」

「話に夢中になりすぎたな。こうなったらもう、夕飯兼用にしよう。みんな、時間はあるかい？」

睦美の問いに、部室にいる全員がうなずいた。誰も予定がないと知り、佳奈子はほっとした。

今日の機会を逃したら、次はゴールデンウィーク明けになるだろう。佳奈子としては、できれば実家に帰る前に推し語りをしたかった。

みんなから、勇気をもらうために。

「あれ～？　かなっち、緊張してない？　そんな固くならずに、ほら、麦茶でも飲んでリラックス、リラックス～」

佳奈子の様子がおかしいことに気づいた美波が、冷蔵庫から本日二本目の麦茶を出し、コップなみなみいっぱいに注いだ。持ち上げようとすれば絶対こぼれるだろう。嫌がらせかと誤解してしまいそうだが、佳奈子を心配しての冗談だと分かっているので、素直にコップに顔を近づけてお茶をすすった。

冷たいお茶が喉に染み渡る。いつの間にかからからに渇いていたらしい。美波の気遣いもあって、いい意味で肩の力が抜けた佳奈子は、ひとつ深呼吸をしてから口を開いた。

「どこから話せばいいのか……。とりあえず、推しがなにかを話す前に、私の家庭環境について説明させてください」

家庭環境と聞き、もしや重たい話かと睦美たちが目に見えて身構えた。慌てて「そんな重たい話じゃないんで、安心してください」と訂正を入れる。

「両親は見ているこっちが恥ずかしくなるくらいラブラブですし、私のことも大事に大事に思ってくれています。両親の愛情を、私は一度だって疑ったことがありません」

思春期なんかに、親との関係がぎくしゃくするなんていう話も聞いたことはあるが、佳奈子にはそんな時期すらなかった。

本当に、親子三人、仲良く暮らしてきたのだ。そこに、不満などひとつもない。

「ただですね、ひとつだけ、普通の家庭と違うところがあったんです」

それはなんぞや——と、四人は視線だけで問いかけていた。佳奈子はすぐに答えようと口を開いたものの、四人から視線を外してまごついた。

ずっとずっと目をそらし続けていたことだから。自分自身がそれを受け止めるだけでなく、口に出してしまうことにやはり抵抗があった。

けれど、ここで逃げては前に進めない。

母に、伝えられない。

意を決して、佳奈子は前を向き、言った。

「小さなころからずっと、家で食べるご飯はおかしな味だったんです。たいていは苦いんですけど、酸(す)っぱかったり、甘かったり、塩辛(しおから)かったり。かと思えば、なにも味がしないときもありました」

「それって……」とつぶやく睦美を、佳奈子は片手をあげて制し、続きを語る。

「ずっとずっとそういうご飯を食べてきたから、食べ物とはそういうものなんだと思ってました。でも、小学校に入学して給食を食べて、衝撃でした。おいしかったんです」

幼い佳奈子は衝撃的事実を母ではなく父に話した。なんとなくだが、母に料理の味について言ってはいけないような気がしたのだ。そしてそれは正しかった。

「話を聞いた父は私に言いました。給食はプロが作る料理だからおいしいのだと。家で食べる手料理は、こういうものなのだと」

睦美たちの表情がみるみる険しくなった。きっと、父の説明に対して不満があるのだろう。それでも口出しせず聞き役に徹してくれている四人に感謝しながら、佳奈子は話し続けた。

「父との会話があってから、我が家はときどき外食をするようになりました。お店で食べる料理はどれもおいしくて、プロってすごいんだなって本気で思ってました。我が家では、プロが作ったものを料理、自分たちで作るものは手料理と区別していて、それが普通なんだとずっと信じてました」

事態が変わったのは、二年生のとき。

授業でカレーを作ったのだ。とはいえ、本格的な調理実習ではなく、野菜の切り方を練習するためだったので、みんなで切った野菜を大きな鍋に入れて先生がカレーにする、というものだった。

「みんなで作ったカレーは、すごくおいしかったんです。さわり程度とはいえ、自分の手でおいしい手料理を作ることができた。家に帰った私は喜び勇んで言いました。お母さんと一緒にカレーを作りたいって」

話を聞いた母は嫌な顔せず快諾した。その代わり、仕事から帰ってきた父は心配そうに料理をする佳奈子たちを見守っていた。

「そわそわと落ちつきなく台所をのぞいてくる父に、私は言ったんです。心配しなくても、ちゃんとおいしいカレーを作るから大丈夫。だって、学校で作ったんだもの、って……」

結果は分かりきっている。父の心配は大的中して、学校で食べたものとは似ても似つかないカレーができあがった。

「すっごい……甘かったんですよ。そのくせ、野菜はどれも苦いし固いし……。ご飯もぱっさぱさで嚙むと芯があるっていうか、ぐにゃっとするっていうか……」

ずっと聞き役に徹していた睦美たちも、とうとう我慢できなくなったらしく、難しい顔で「甘いって……どうして？」と口を挟んだ。

「チョコレートの入れすぎだったんだと思います。大袋入りのひと口チョコ、全部入れてましたから」

「全部⁉」

「まじか！　そんなことリアルでする人いるの⁉」

「いた、みたいねぇ……」

目と口を大きく開けた睦美と美波が叫び、莉緒は口を両手で押さえながら信じられないとばかりにつぶやいた。麻友に至っては、口をあんぐり開けたまま うんともすんとも言わない。

「野菜が苦くて固いのは、表面ばかりが真っ黒こげで中まで火が通っていなかったから。お米はたぶん……水が足りなかったのかな？　じつは、我が家に炊飯器ってなかったんですよ」

「え、じゃあどうやってご飯炊いてたの？」

一周まわって冷静になったのか、麻友が真顔で問いかけた。

「土鍋で炊いてました。その方がおいしいんだって言って……」

佳奈子の答えを聞いた面々は、「またそんな上級者なことして！」「形から入っちゃったんだね、メシマズあるある！」と思い思いに嘆いた。

「ちなみに、お米は洗剤で洗ってました」

「ちょ、待って、この間笑い飛ばしたやつじゃん。リアルな話だったんか～い！」

美波のつっこみが部室に響き渡り、睦美と莉緒が「まったくもって笑えない事態だったんだな」「笑っちゃってごめんなさいねぇ」と顔を引きつらせていた。

「全然おいしくないカレーを食べながら、父がすっごくおいしいよって言うんですよ。わざとらしいくらいに大口でばくばく食べて……。でも、私、顔を上げられなかった」

絶対うまくいくと思っていたものが失敗してしまって、悲しさと悔しさ、そしておいしいものを父に食べさせてあげられなかった申し訳なさがぐちゃぐちゃに混ざって、いまにも泣き出しそうになって。

　でも、佳奈子は泣かなかった。

「母が、泣き出したんです。顔を両手で覆って、子供みたいに大きな声で泣いたんです。ごめんなさいって」

『上手にできなくてごめんなさい。ちゃんとしたご飯を作ってあげたいのに、まったくできなくてごめんなさい。まともな母親になれなくてごめんなさい』

　母は泣きながらひたすら謝り、父はそんな彼女の背中をさすりながら必死に慰めていた。

『君は十分素晴らしい母親だよ。たしかに料理は苦手かも知れないけれど、それ以外は完璧じゃないか。誰にだって、苦手なことのひとつやふたつあるんだよ』

　父の言うとおり、母は料理以外の家事は文句のつけようがないほど完璧だった。洗濯掃除はもちろんのこと、手芸が得意で小さな頃からちょっとした小物や洋服を手作りしてくれたし、幼稚園や小学校で使うカバンなんかもすべて手作りしてくれていた。

「でも、それらすべてが、真っ当な母親でありたいと願った母の努力のたまものだったんです」

　母を落ち着かせた父は、そのまま家族会議を開いた。

「私ももう小学二年生になったし、そろそろ母も働きに出てはどうかって、提案しました。いまは身体(からだ)に気を遣った総菜(そうざい)や飲食店も増えているし、ここはいったん、苦手な料理を無理して作るのは止めて、その分の時間で働きに出てみてはどうだろう、と。私の将来のために、お金はいくらあっても困らないのだから、働いて貯金を殖(ふ)やした方がいいのではないか。そう言いました」

父の提案を聞いた母は、見るからに安堵(あんど)していた。けれどすぐにはっとして、佳奈子を心配そうに見つめた。

母がなにを躊躇(ちゅうちょ)しているのか、きちんと理解していた父は佳奈子に問いかけた。

母が働きに出ると、誰もいない家で留守番するかもしれないし、これまでのような手料理ではなく、外食や総菜が増えるだろう。我慢できるだろうか、と。

「私は我慢できると即答しました。ひとりで留守番することに多少なりとも不安はありましたが、それよりも母の手料理を食べなくてすむことの方が重要だったんです」

佳奈子と父の後押しもあり、母はその後すぐに働き出した。専門職のスキルを活(い)かして以前働いていた会社に再雇用してもらい、佳奈子が高学年になるまでは、なるべく留守番しないですむように短時間勤務をしていた。

「料理をしないと決めたことで吹っ切れたのか、もともと朗(ほが)らかだった母はさらに明るく生き生きするようになって、心の余裕が生まれたからか、料理以外の家事に力を入れるようになりました」

とくに、ハンドメイドに凝りだして、佳奈子の身の回りのありとあらゆるものを手作りするようになった。

「その結果、私の友人はみんな、母のことを完璧超人だと思ってます」

佳奈子の言葉を聞いた麻友が、「あぁ〜……」と嘆きながら机に突っ伏した。

事情を知らなかったとはいえ、麻友はいろんなお節介を佳奈子に焼いてきた。そのおかげで推し飯研究会に入れたのだから、佳奈子としてはなんら気にすることではないのだけど、そうもいかないのだろう。

「実際、完璧超人だと私も思いますけどね。料理ができないだけで」

と、フォローをしてみたものの、麻友は頭を抱えて突っ伏したままだった。その様子を見た睦美たちが肩をすくめて苦笑する。そっとしておいてあげようという意味だろう。

「母がなぜまともな母親というものに固執するのか、なぜ両親揃って料理ができないのか、あの頃はわからなかったけれど、いまならなんとなく、察してます。私、親戚に一度もあったことないんですよ。どちらの親戚にも、です」

睦美たちはさっきとは違い、静かに驚いていた。デリケートな内容だからだろう。麻友も机から顔を上げ、不安げにこちらを見つめていた。

「詳しい事情を聞いたわけではないので、これは想像でしかありませんが、両親はあまり家族と縁がない人達だったんだと思います。だからこそ、物語で見るような家庭に憧れた」

お父さんは外で働いて、お母さんが家庭と子供を守る。昔から続く夕方のアニメみたいに、お母さんが作った夕飯を家族揃って食べる。

「理想を実現したいのに、できなくて。でも、私という存在がいる以上途中で投げ出すこともできず、苦しかったただろうなって、思います」

その苦しみは、いまでも母の心に残っていた。したくてもできなかったことというのは、いつまでも心にくすぶってしまうらしい。佳奈子と父がどれだけ母に感謝し、讃(たた)えても、母はそれを話半分にしか受け取ってくれなかった。

「でも私、推し飯研究会にやってきて、睦美先輩に『教えてもらわなければ、できなくても仕方がない』って言われたとき、すごく、納得したんです。母も父もきっと、誰にも教えてもらえなかったんだろうなって」

それだけが原因ではないかも知れない。でもせめて、見本にできる人が身近にいたのなら、なにかが違っていたのではないか、と思ってしまうのだ。

「だから私、母に伝えようと思うんです。料理ができないのは、教えてもらう機会に恵まれなかったからだって。それで今度こそ、おいしいカレーを一緒に作ろうと思います」

はにかみながらも決意を述べた佳奈子は、ほっとひとつ息を吐いてから、居住まいを正して前を見据える。

「こうやって、私が料理に対して前向きに考えられるようになったのは、推し飯研究会の、皆さんのおかげです。だから、私の推しは、この推し飯研究会です！」

両手を広げ、宣言した。

まさか自分たちが推しになるとは思いもしなかったのだろう。睦美たちはあっけにとられた顔でこちらを見ていた。

そうなるよな、と思いつつ、同じ反応を見せる四人が面白くて、佳奈子は笑顔になった。

「麻友にはすっごく感謝してる。私をここに連れてきてくれてありがとう」

突然名指しされた麻友は、はっと我に返るなり目に涙を溜めた。

「わ、私、なにも知らないで無神経なことばっかり言ってごめんね……」

「麻友はなんにも悪くないよ。だって、私が言わなかったんだもの」

佳奈子は一度だって母の料理をうまいとも下手とも言わなかった。それは、母の料理が下手なのだと認められなかったから。

あえて悟られないようにしていたのだから、麻友が知らなくて当然だし、それ以外は完璧な母だったから、料理もできると思うのは自然なことだった。

「私のこと、本当に心配してくれているってわかっていたから、いいよ。それに、麻友のお節介のおかげで前に進めそうなんだからさ、応援してよ」

「するっ……するよぉ！　応援する！　なんなら、佳奈子の家へ行って料理の作り方を教えるよ！　……言うほどできないけど」

最後にぼそりと付け足された言葉は全員の耳にしっかりと届いたようで、すかさず美波が「できないんかいっ」とつっこみを入れ、笑い声が上がった。

どこかいたたまれない空気が流れていた部室内が、一気に和（なご）やかになる。知らず、肩に力が入っていたらしい佳奈子も、ほっと力の抜けた笑顔とともに、先輩三人へと向きなおった。

「先輩たちにも、すごく、感謝してます。ひとり暮らしをする歳（とし）になりながら、まったく料理ができない私をバカにしたりせず、ひとつひとつ丁寧（ていねい）に教えてくれましたよね。だから私も、素直に受け止められたんだと思います」

少しでも揶揄（やゆ）されようものなら、ほっといてくれとつっぱねていたことだろう。それは、麻友に対しても言えることだ。

「私に料理を教えてくれてありがとうございました。そして、これからもよろしくお願いします」

両手を膝のうえに載せて、佳奈子は椅子(いす)に座ったまま深々と頭を下げた。

机の向こうから、「かなっち……」と戸惑う美波のつぶやきが聞こえた。かと思えば、下げたままの佳奈子の頭に、誰かの手が載った。そしてその手はゆっくりと佳奈子の頭を撫(な)でる。

顔を上げると、少し困ったように笑う睦美と目が合った。美波や莉緒も頬(ほお)をわずかに染めながら微笑(ほほえ)んでいた。

「料理くらい、これから嫌になるくらい教えるよ。私たちは推し飯研究会の仲間なんだからさ」

「推しになっちゃうなんて、貴重な体験しちゃったわぁ」

「ちょっと照れくさいけど～、これからもよろしくね、かなっち～！」

「はい！　よろしくお願いします！」

佳奈子の推しとなったことを、全員に受け入れてもらえたことが嬉しくて、元気よく答えると、睦美だけでなく美波や莉緒まで頭を撫でだした。久しく撫でられたことがなかったので気恥ずかしくもあったが、甘んじて受け入れた。

しばし撫で続けて満足したのか、睦美が手を下ろして「よし」とひとつうなずいた。

「それじゃあ、今日の推し飯はなににする？」

そう問われて、はたと気づいた。推し飯研究会の推し飯って、なんだろう。

「いままで作ったもの、全部……でしょうか？」

腕を組んでさんざん悩んだ結果、導き出した答えを聞いて、美波と麻友が「ぶふっ……」とふきだした。

「ちょっと、どうして笑うの⁉」

「いや、だって……あんなに悩んで出した答えが『全部』って……」

「選べなかったんだなって思ったら、かわいくってね～」

「いつもおいしそうに食べていたものねえ、かなちゃん」

麻友たちだけでなく、莉緒にまで言われて、佳奈子は真っ赤な顔で口をとがらせた。哀しいかな。どれもおいしくて選べなかったのは事実だった。

なおも笑うふたりを、睦美が「はいはい、そこまで」と手を叩きながらたしなめた。

「推し飯研究会はいろんな料理を作って味わう部だから、選べないのは当然だと思うよ。いままでかなっちが作ったものは……たまごトースト、素うどん、クッキー、カレーか。全部作れないこともないね」

「でも、素うどんとカレーが並ぶのはさすがに食べ過ぎじゃないかしらぁ」

顎(あご)に手を添えて考え込む睦美の隣で、莉緒も頬を両手でつつんでため息をこぼした。すると、反対隣の美波が「はいは～い」と手を挙げた。

「だったらさ～、素うどんとカレーを組み合わせてカレーうどんにすればいいんじゃな～い？」

「なるほど、その手があったか」

「美波ちゃん、あったまい～ぃ」

褒(ほ)められた美波は、「でっしょ～」とグーサインをしてみせた。

「よし、それじゃあメニューも決まったことだし、段取りを考えていこうか。まずはクッキーの生地を作って、冷凍庫で冷やしている間にたまごトーストとカレーうどんを作っていこう。で、それを食べる間に焼いてしまえば、いい感じにデザートができあがるんじゃないかな」

無駄のない段取りをするすると口にする睦美に、佳奈子は尊敬の念を抱いた。佳奈子も料理に慣れてくればできるようになるのだろうか。たぶん無理だと思う。

段取りが決まると、相変わらず先輩三人はすぐに動き出した。それぞれ材料を取りに行ったので、その場に残った佳奈子と麻友も必要そうな調理器具を足下の棚(たな)から取り出した。

まずはクッキーの材料が机に並び、レシピ本を持ってきた美波が目的のページを開いた。

「かなっち～、バターを量ってくれる？　前回と一緒で、二倍の量でお願いね～。その後は、ん～……今日はデザートとして食べるから～、少し砂糖を増やそっか」

量り終わったバターをボウルにほうり込みながら、佳奈子は「え、増やすんですか？」と聞き返した。

レシピ通りに作ると甘すぎると言っていたのに。実際、独自のレシピで作ったクッキーはほどよい甘さで止まらないおいしさだった。

どれだけ甘くなるのだろうと心配する佳奈子に、美波は「大丈夫だよ～」と手を振った。

「増やすっていっても、前回の分量よりってだけで、レシピよりも少ないから。そだな～、前回は三分の二だったから、今日は四分の三にしちゃおっか～」

美波の指示通り砂糖を量り、麻友が混ぜるボウルに投入した。砂糖とバターが馴染む(なじむ)のを待って、玉子を割り入れる。レシピ本には溶き卵を少量ずつと書いてあったが気にしない。

続いてバニラエッセンスの出番なのだが、今回もオレンジリキュールが現れた。大きな瓶(びん)のキャップを外し、豪快にどばどばと投入する。かき混ぜる麻友が軽くむせるほどに、濃い酒の香りが立ち上った。

リキュールの次は、小麦粉だ。混ぜるのも泡立て器ではなくゴムべらに取り替える。莉緒の指示を受けながら、麻友がさっくりと混ぜていき、生地がまとまってきたところで、細長い棒状に成形してラップに包み、冷凍庫にしまった。

ほっとひと息つく暇もなく、続いてカレーうどんとたまごトーストに取りかからなければならない。

睦美の指示で、佳奈子はカレーうどん、麻友はたまごトーストを担当することになった。三ツ口コンロはすべて鍋でうまっており、ひとつは冷凍うどんを湯がくための湯を、もうひとつはゆで玉子を作り、そして最後は空っぽの鍋が置いてあった。

「かなっち、いまからカレーうどん用のカレーを作るよ。カレーうどんに使うカレーは、普通のカレーと違うって、知ってたかい？」

「見た感じ、違うので……なんとなくわかります。でも、どう違うのかはまったくわかりません」

しばし考えこんだものの、素直にわからないと答えると、睦美は優しく微笑んで「違うってわかっているならそれでいいよ。ちゃんと見ていて偉いな」と褒めてくれた。なんだかこそばゆくて、佳奈子の頬が緩んだ。

「簡単に言うとね、カレーうどんのカレーには、だしが入っているんだ。カレーをだしでのばして、とろみをつければできあがり」

睦美の説明を聞きながら、和風なカレーと認識していたが、それはだしが入っていたからか、と納得した――ところで、はたと気づいた。

「あの、カレーは作らないんですか？」

机に並ぶ材料の中に、ジャガイモやにんじんといった定番の野菜は見当たらない。机に用意したまな板では、いま現在美波がネギを切っていた。

「心配ない。今回はカレーをいちから作るんじゃなくて、レトルトを使うから」

そう言って、睦美はテーブルに積み上げてあった箱を手に取った。薄い単行本くらいの大きさの箱を開封すると、中から銀色の袋が出てきた。

袋を受け取った佳奈子は、まじまじと観察する。左右の上部に黒い印と細かな突起がついていた。これが切り口らしい。

袋の側面には、温め方がイラストとともにわかりやすく書いてあった。これなら、佳奈子でも扱えそうである。

興味深そうに観察する佳奈子を見て、睦美は眉間にしわを寄せてつぶやいた。

「もしかして……かなっち、レトルト食品、触ったことない？」

「あ、はい。実家では総菜がメインでしたし、その総菜もいくつかお気に入りの店でしか買わなくて……。たぶん、家にレトルト食品は置いてないんじゃないかな」

「……お母さんの行きつけのお店って、無農薬とか雑穀米とか十三品目使用とか、身体に良さそうなことをうたってなかった？」

「そういえば、ラベルに十三品目がどうとか書いてあったかも？」

「あー……うん。なんとなく察した。お母さん、食育に力を入れていたんだろうな。今日まで頑張ってきたっていうのに申し訳ないんだが、かなっちにレトルト教えるよ」

よくわからないが、母を褒めてくれたのだろう。佳奈子は素直にうなずいた。

「ざっくり説明すると、レトルトっていうのは、温めればすぐに食べられる食品のことをいうんだ。今回のカレーの場合、これをご飯にかければカレーライスのできあがりだな」

「ここに書いてありますね。温めたらご飯にかけてできあがりって」

佳奈子が袋の側面に書いてある調理方法を指した。佳奈子でもできそうだと思うほど、簡単だった。

「普通は袋ごと湯煎するか、中身を皿に移してレンジでチンするかなんだが、今日は中身を鍋に移します」

先ほど見つけた切り口から袋を開き、佳奈子はコンロに置いてある空っぽの鍋に中身を出した。

ひと箱で一人前らしく、机には五箱用意してあった。すべての中身を鍋に投入すると、五人前だけあって深鍋の三分の一ほどの量になった。

「これにだし汁を入れていきます」

睦美が手に取ったのは、素うどんを作ったときにも使った白だしだった。

「だいたい、大さじ五杯くらいかなぁ。あと、水も軽く入れて伸ばして……と」

珍しく白だしを量ったかと思えば、水は目分量で入れてしまった。気になって、どういう基準で水の量を決めたのか質問してみれば、お店のカレーうどんを参考になんとなく、とのこと。

まったく理解できなかったが、料理がうまくなるためには、ただ食べるだけでなく観察しなければならないことだけは分かった。

睦美と立ち位置を替わった佳奈子は、水と白だしを入れて少し色が薄くなったカレーをかき混ぜる。ふつふつと沸騰してきたところで火を止め、水で溶かした片栗粉を入れた。

「はい、すぐに混ぜて」

いつもより緊張感のある声で指示され、佳奈子は慌てて鍋をかき混ぜた。ある程度混ざってとろみが出てきたところで、火をつける。

「急かしてごめんね、かなっち。片栗粉は熱を加えると固まるんだ。だから火を止めてからくわえなくちゃいけないし、全体が均一に固まるよう、入れたらすぐに混ぜないといけない。あぁ、あと、片栗粉は必ず水に溶かしてから入れること。じゃないと、片栗粉のダマができてしまうんだ」

睦美の説明に「ほうほう」と相づちを打つ間にも、カレーのとろみが強くなっていった。

「よし、それくらいでいいだろう」

満足げにうなずいて、睦美が火を消した。

「カレーができたところで、次はうどんを湯がこうか。美波、そろそろクッキーを焼き始めてくれるか?」

三ツ口コンロの一番奥、手前ふたつよりひとまわり小さいコンロで湯を沸かしていた寸胴鍋を取りながら、睦美が美波に声をかけた。

ネギを刻んでいた美波は、「はいは〜い」と返事をしながら切り終わったネギをまな板から小皿に移す。まな板を洗って軽く水分をぬぐってから、冷蔵庫へと向かった。

たまごトースト担当の莉緒と麻友は、食パンにバターを塗ってたまごサラダを載せるところだった。そちらもあと少しでできあがるだろう。

湯を沸かしていた鍋を手前のコンロに移動させた睦美は、すぐさま火をつけた。一番火力の弱いコンロを使っていたため、沸騰しきれていなかった鍋の中身が、ぐつらぐつらと沸き立ち始める。

「じゃあ、うどんをいれまーす」

睦美の声に合わせて、佳奈子は凍ったままのうどんを投入した。もちろん今回も、丁寧(ていねい)に一人前ずつではなく、豪快に五人前を一度に湯がく。菜箸(さいばし)でかき混ぜながら、凍ったうどんが溶けきって、麺がきれいにほぐれたところでザルに空けた。

ざっぱーん！　と、派手な音が部室に響く。今回もうどんの湯切りを担当した佳奈子は、視界を埋め尽くす勢いの湯気を、息を止めることでしのいだ。

わずかに間を置いて、湯気が落ち着いてくると、うどんはこぼれることなくザルの中におさまっていた。失敗しなくてよかったと、佳奈子は密かに胸をなで下ろした。

巨大なザルを上下に揺すって水気を切ってから、睦美が用意しておいてくれたどんぶりに、うどんを分けていく。睦美と量を相談しながら分けるその向かいでは、美波がクッキー生地を包丁で切り分けていた。

うどんを五等分できたところで、睦美がカレーをかけていった。佳奈子はその上に美波が切った刻みネギを載せていく。チーンと、トースターが加熱終了を告げる音が響いた。

最後のどんぶりにネギを載せ終わり、佳奈子は長い息を吐きながら背筋を伸ばした。調理中はどうしても前屈みになるので、腰がさび付いたようにぎしぎしと痛む。軽く叩いて凝り固まった筋肉をほぐしながら視線を巡らせれば、レンジ前に立つ美波がクッキー生地を載せた天板をセットし、加熱時間を設定していた。

隣の机では、麻友が焼き上がったたまごトーストを並べるところだった。莉緒はドリッパーとコーヒー粉を持ってきて、睦美に声をかけている。

佳奈子も目の前に並ぶどんぶりを麻友たちのもとへと運んでいく。お箸やレンゲを用意している間に、睦美もコーヒーを淹れ終わった。

準備が整ったところで、佳奈子たちはそれぞれの席に着く。睦美が全員の顔を見渡して、両手を揃えた。

「それでは、いただきます！」

睦美の音頭に合わせて、佳奈子たちも「いただきます」と声を揃えた。

カレーうどんとたまごトースト、ふたつのメイン料理を前に、佳奈子はどちらから手をつけるかしばし迷い、どんぶりを引き寄せた。

目の前にやってきたどんぶりを見つめたまま、大きく息を吸い込む。カレーのスパイシーな香りに、どことなく甘いだしの香りが寄り添うように香っている。

それだけで胸に期待が膨らみ、いそいそと箸をもってうどんをすすった。瞬間、先ほど感じたよりも強く、鮮明にカレーとだしの香りが口から鼻へと広がっていく。まるで最初からひとつのものだったかのように、スパイスが奏でる複雑な味のハーモニーを、だしの香りと塩気が下から支えるという、見事な連携をみせていた。

うどんはご飯のような甘みが少ない分あっさりしていて、つるんとした口当たりの良さと弾力のある嚙み応えも相まって、とにかく食べやすい。食べきれるだろうかと心配だったが、これならすんなり食べられるだろう。

「やばっ……カレーうどんちょーおいしいんですけど⁉　お店の味じゃん！」

うどんをすすった美波が、驚愕の表情でつぶやいた。同じようにうどんをすすった睦美が「うむ」とひとつうなずく。

「初めて作ったにしては上出来じゃないか」

「え⁉　初めて作ったんですか⁉」

褒めてもらえたと喜んでいた佳奈子は、睦美のとんでも発言に驚きの声をあげた。

「だいたい作り方は知っていたけど、不思議と作る機会に恵まれなかったんだ。うまくいってよかったよ」

初めての料理を、あんな感覚的に作っていたというのに、こんなにおいしいだなんて。やっぱり、料理は才能が必要なのでは、と佳奈子はちょっぴり不安になった。

いやいや、ちゃんとカレールーのパッケージに書かれた作り方通りにやれば、自分にだってできるはずだ。このあいだここで作ったではないか。大丈夫、大丈夫——と、自分を鼓舞しながら、佳奈子はたまごトーストに手を伸ばした。

かじりつくと、サクッと軽い音が鳴った。それでいて、中はもっちりしっとりしている。たまごのコクとマヨネーズの酸味、そしてパンの甘みが嚙むほどに広がった。

カレーうどんと全く違うおいしさは、佳奈子の食欲を大いに刺激した。ばくばくと勢いよくかじりつき、時折口にするコーヒーが、なんともいえない満足感とリラックス感を引き立てた。

「コーヒーとたまごトーストの組み合わせ……神……」

コーヒーカップ片手に、麻友がほぅ、と吐息混じりにつぶやいた。もしかしたら、『喫茶閑日月』に思いを馳せているのかも知れない。同じようにカップを持つ莉緒が、頰に手を添えながら「ほんとにねぇ」とうっとり同意していた。

「相変わらず、睦美ちゃんの淹れるコーヒーは最高だわぁ」

「ありがとう、おかわりが必要ならいつでも言ってくれ」

睦美はコーヒーサーバーを手に取り、言った。今日はこの後に待つクッキーのために、いつもより多めにコーヒーを淹れたらしい。サーバーにはまだまだたっぷり残っていた。

食事を楽しみながら、佳奈子たちはおしゃべりに花を咲かせた。話題は『喫茶閑日月』

の最新話についてだったり、睦美が最近購入したフィギュアの話や、連休に麻友がヒノコと一緒に巡る予定の遺跡の話であったり。

普段であれば推しの尊さを胸の中でかみしめながら黙々と食事を進めるというのに、今日は自分たちが推しということもあって、それぞれ思ったことを口にしていた。

それはクッキーを食べるときも変わらず、むしろ食べ出したら止まらないおいしさのクッキーはおしゃべりに花を添えていた。


「はぁー……食べた食べた～」

美波がお腹をさすりながら言った。その隣で、莉緒も「食べたねぇ」と同じようにお腹をさする。

机に置かれた食器はどれも空になっていた。大皿にてんこ盛りだったクッキーもきれいさっぱりなくなっている。

「案外食べきれるものだな」

「しかも、どれも炭水化物ですよ。恐ろしい」

「それ言っちゃダメだよ麻友」

あえて目をそらしていた現実を突きつけられ、佳奈子は体重計にのる恐怖に身を震わせた。

「背徳の炭水化物パーティーだよ！　たまにはいいじゃん、たまには！」

ちょっと暗くなりかけた空気を打ち壊すように、美波がカップを高く掲げながら宣言した。

背徳の炭水化物パーティー。これほどぴったりな言葉はあるだろうか。なぜだかわからないけど、今日の行いが許されたような気がしてくる。

「そう、そうだな！　明日からしばらくダイエットすればいいんだよ」

「私、ヒノコと一緒に遺跡巡りでもします」

「いいわねぇ。それじゃあ、私はオタ芸に磨きをかけようかしらぁ」

「あ、じゃあ私もくるみんの振り付けマスター目指して頑張ります」

それぞれ、今日の行いに対する前向きな対処法を宣言しながら、カップを手に持った。

「それじゃあ、連休中のダイエット成功を祈って〜、かんぱ〜い‼」

美波の声に合わせ、全員がカップを高く掲げて乾杯してから、カップに残るコーヒーを一気にあおった。

まるで飲み会のようなノリだが、気にしない。なぜなら今日は背徳の炭水化物パーティーだから。

コーヒーを飲み干した佳奈子たちは、「あぁー」と、乙女(おとめ)らしからぬ声を漏(も)らしながらカップを置き、そして両手を合わせ、言った。

「尊い……！」

くるみんのキュートなラブソングが流れる部屋の中で、寝支度(ねじたく)を調えた佳奈子は、ベッドに転がりながらスマホとにらめっこしていた。

難しい顔で見つめる画面に映るのは、実家の電話番号。押すか押すまいか――葛藤(かっとう)する心を、通話ボタンの周りをさまよう親指が表していた。

悩んだ末、えいやっ、と通話ボタンを押し、数回の呼び出し音の後、聞き慣れた母の声がスマホの向こうから届いた。

「あ、お母さん？　うん、えと、新幹線のチケットがとれたから、詳しい時間を伝えようと思って……」

ひとり娘の帰省を、母も喜んでくれているのだろう。スマホから聞こえる声はとても明るかった。

話題は次第に佳奈子の近況へと移り変わり、ひとり暮らしの様子やアルバイト、そして麻友の誘いで推し飯研究会に所属したことを話した。

推し飯研究会の活動内容に料理があると聞き、スマホの向こうの母がわずかに動揺しているのが伝わってきた。

やはりいまだ母にとって、料理は苦しい記憶なのだ。踏み込むべきか、佳奈子の心に迷いが生まれる。

あぁ、でも、それでも……自分は嬉しかったから――

スマホを握る手にぐっと力を込めて、佳奈子は言った。

「私……私ね、カレーライス、作れるようになったの」

口にした瞬間、堰を切ったように心臓がばくばくと早鐘を打ち出した。スマホを持つ手が――いや、身体全体が震え、こめかみに心臓が移動したのかと錯覚しそうなほど、ぐわんぐわんと幻聴が聞こえる。

スマホの向こうでは、母が息を呑むのがわかった。ひるみそうになるも、一度口にしてしまえば、あとはするすると勝手に言葉が出てきた。

「帰ったら、カレーライス、作りたいの。あのね、一緒に……もう一度、一緒に作ろう。大丈夫だよ。私、先輩に言われたの。教えてもらわなければ、料理なんてできなくて当然だって。だから私、先輩に教わって、作れるようになったから……だから、一緒に作ろう」

話す間、スマホを持っていない手が落ちつきなく動き回り、やがてカーテンをつかんだ。そのままカーテンを開いて窓から空を見上げれば、街の灯りでほの青く照らされた夜空に、いつもは見つけられない星が瞬く。

星を見つめながら、佳奈子はやがて、笑みを浮かべた。

※この作品はフィクションです。実在の人物・団体・事件などにはいっさい関係ありません。

集英社オレンジ文庫をお買い上げいただき、ありがとうございます。
ご意見・ご感想をお待ちしております。

● あて先
〒101-8050　東京都千代田区一ツ橋2-5-10
集英社オレンジ文庫編集部 気付
秋杜フユ先生

推し飯研究会

2021年6月23日　第1刷発行

著　者　秋杜フユ
発行者　北畠輝幸
発行所　株式会社集英社
〒101-8050東京都千代田区一ツ橋2-5-10
電話【編集部】03-3230-6352
【読者係】03-3230-6080
【販売部】03-3230-6393（書店専用）
印刷所　株式会社美松堂／中央精版印刷株式会社

ISBN 978-4-08-680391-5 C0193